死んでも人に言えないヒミツ

雨

STARTS
スターツ出版株式会社

「俺たち、べつに変じゃないんだよ。滝も俺も生きて、人を好きになっただけ」

私たちはただ生きているだけ。生きて、人を好きになっただけ。

それはきっととても愛しいことなのに、私はいつも忘れてしまう。

目次

死んでも人に言えないヒミツ

○．言うなれば死

「滝ってさ、あいつのことちゃんと好き？」

「……え」

「ちゃんと好きで、あいつと付き合ってる？」

自分の気持ちを正直に誰かに言うことができない。空気を読んで、自分に嘘をつく。それがこの高校生活における最適解だと、私はちゃんと知っている。

灰色の雲に覆われた空はまるで、白にも黒にもなれない私のようだった。

「……好きだけど」

「そうは見えなかった」

「関係ないじゃん」

「今焦ってるのは俺が言ったこと全部正解だから？」

私は緊張していた。これまで必死に隠してきた恋心が、この瞬間に、すべて露呈してしまう気がして怖かった。バレてしまったら、それは死と同然だ。

「ねえ滝。人を好きになるって、気持ち悪いこと？」

その日、私は知ってしまった。完全無欠の人気者——名島皐月《なしまさつき》の最大の秘密を。

「好きじゃないなら俺にちょうだいよ、あいつのこと」

一．あるいは空言《くうげん》

「ここは関係代名詞の――」

窓を叩《たた》くように降り続ける雨のせいで、授業を進める先生の声が遠かった。午後の授業は、やたら時の流れが遅くなる。じんわり迫りくる睡魔に負けて机に突っ伏す生徒がちらほらといる中、私はできるかぎり先生の言葉を聞き逃さないように神経を尖らせた。

中学生の頃は、英語が苦手だった。けれど、高校に入ってから少しだけ得意になった。赤点は確実に回避できるし、呪文みたいに英語の長文が続いてもだいたい読み取ることができる。「先生の話をちゃんと聞く」という、あたりまえのことをきちんとこなすだけで確実に成績がよくなることを、私は高校生になるまで知らなかった。実際には、「知らなかった」というより「気づかないふりをしていた」というほうが正しいのかもしれないけれど。

雨音がまた強くなる。梅雨は嫌いだ。湿気で前髪は思い通りにならないし、常に折り畳み傘を備えていないといけないから荷物が増える。そして何より、

「今日は二十五日なので二十五番の人――……滝《たき》さん。次のページから読んでいただけますか？」

穏やかで柔らかい先生の声にノイズがかかって鬱陶《うっとう》しいから。

英語教師の横原《よこはら》先生。年齢は、たしか今年で二十七歳。整った顔をしているから、

女子生徒からの人気が高い男の先生だ。

結婚をしたのは最近のことで、私が一年生のときはまだ独身だったからか、よく廊下で「彼女いるの？」とか「どんな人が好みなの？」とか、授業とは全然関係のない会話を振られているところを見かけたことがある。けれど、先生は表情ひとつ変えず、「君たちには教えません」とだけ言っていた。

君たちには教えません。私に向けて言われたわけではなかったけれど、あのときたしかに、そこで線を引かれた気がしたのだった。

「はい、ありがとうございます」

読み終えると、耳に心地のよい低音で感謝された。すべての音が丁寧で上品に聞こえる。「よく発音できていますね」と呟《つぶや》くように言われたそれを、私はお守りみたいに記憶していくのだろう。過去に言われた言葉も、私に向けられた視線も、全部覚えている。記憶が追加されるたび、この学校に来た価値があったと思えるのだ。

先生と自然に目が合うことはほとんどない。私が瞬《まばた》きすら惜しむほど見つめても、清々しいほどに気づかれない。他の教科では視線を送ると気づいてくれる先生がほとんどなので、それだけ先生が他人に興味がないということがわかって、少しだけ悲しくなったりもするのだった。

「じゃあ続きから、名島くん」

「はい」

うしろの席に座る名島くんにバトンが渡され、私の出番は終了。名島くんが、指定された英文を流暢《りゅうちょう》に読んでいる。その声を聴きながら私は頬杖《ほおづえ》をつき、窓に視線を移した。

くじ引きで決まった席順には偏りがあり、名島くんの周りは男子ばかりで、その中で唯一、彼の前に座る私だけが女子だった。それが理由で、席替えをした当時は桃音《ももね》やあかりをはじめ、あまり話したことのない女子たちからも散々羨《うらや》ましがられたのを覚えている。『名島くんの近くの席』だけなら誰かと替わってあげてもよかったが、単純に窓際の後方というところが好条件だったので、誰かに譲ることもなく、私はこの席に座っている。

眺めた外の景色はどんよりとしていて、昼間とは思えないくらい明るさがなかった。

「今日はここまで。金曜日は小テストをしますので、各自復習しておくように」

五十分間の授業はあっという間だった。教材を整えてすぐに教室を出ていった先生のうしろ姿をこっそり見送ってから、私も机の上を片付ける。一日の最後が先生の授業のときは、なんとなく気分がいい。それは多分、というか絶対、個人的に抱えている気持ちの問題なのだけど。

「栞奈《かんな》ぁ」

帰りのホームルームを終えてすぐ、だるそうな声色で名前を呼ばれた。振り向くと、すでに帰宅準備万端の桃音とあかりがそこにいて、「早く帰ろうぜぇ」と語尾を伸ばして言う。

「あ、私今日……」

「ん？　なんか用事あった？」

学校の図書室で勉強したかったんだけど、という言葉は呑《の》み込んで、私は強制的に口角をあげた。

「……いや！　なんもない。帰ろー」

入学してすぐ、彼女たちと行動をともにするようになった。すごく気が合うわけでも、どこかに惹《ひ》かれる要素があったわけでもない。たまたま席が近かったというだけだ。それだけの理由で義務的に話したあの日からずっと、なんとなく一緒にいる。

部活に所属していない私は、彼女たち以外に広がる交友関係もなく、かと言って自ら友達を作りに行くなんてこともできなかった。そうこうしているうちに、クラスの中でも大まかなグループができはじめ、誰が誰と仲が良いのかというのは自然と認知されていき、私は桃音たちと一緒にいることがデフォルトになったのだ。全員がたまたま文系選択だったこともあり、二年生になってもそれは変わらないままだった。

放課後はだいたい、それぞれに用事や先約がないかぎりは一緒に帰っている。誰が言い出したわけでもなく、いつのまにかそれがあたりまえになった。

よっぽどの用事ということもない。だから言わなかった、言えなかった。

前に一度、桃音とふたりで帰ったとき、『ちょっと本屋寄ってから帰るね』と言ったことがあった。ひとりのほうが気が楽だったけれど、桃音とそこで解散する様子が見られなかったので、仕方なく一緒に行くことになった。

そろそろ新刊が出る頃かもとか、気になる小説を探したいだとか、そういう理由で本屋に行きたかっただけなのだが、桃音の中では「本を買うから一緒に行こう」という解釈になっていて、結局何も買わずに店を出たら「なんのために寄ったの?」と悪びれることもなく言われた。

怒られたわけでも責められたわけでもないのに、私はなんとなく否定された気になってしまった。

価値観が異なる人に、自分の考えを伝えること。いちいちすべての理由をゼロから説明すること。そういう過程が、私はとても苦手だ。わかってもらえないんじゃないかと思ったら、伝える前から諦めてしまう。否定されるくらいなら、わかってもらえなくていいと思ってしまう。

なんとなくひとりで帰りたいときがあることも、本当は図書室で勉強したかったことも、言えないことがすごく苦痛なわけじゃない。

けれど少し、ときどき、たまに。このまま高校生活を終えてしまうことや、大人になっていくことを考えると、つまらないな、と思う。

けれどもそのつまらなさをどうにかしたいわけでも、どうにかできるわけでもなく、つまるところ、何に対してもたいした意欲や意思がない私は、周りに合わせて泳いでいくほうがよい気がするのだ。

「てか琴花《ことか》は？」

「横原のとこ。留学のことだってさー」

もう行っちゃったよ、とあかりが教卓のいちばん前の席を指す。

「あーね。すごいよねえ琴花」

「オーストラリアだっけ。あたりまえだけどさ、日本語通じないとこで生活するのやばすぎる」

「こないだのテストも、英語学年二位だって」

「すご」

「ちなみに一位は名島くんらしいけど」

「出たよ天下の名島皐月。顔よし頭よしのリアコ製造機」

クラスメイトに対する言葉というよりは、芸能人に向けられているかのような言葉だ。けれど、このクラスにいる誰が聞いても納得できてしまうはずだ。

名島皐月という人物は、中性的で端正な顔の造りに長身、さらにはコミュニケーション能力も高い。男子なら欲しがる人が多そうな条件を彼は全部持ち合わせている。成績は英語に限らず常に上位をキープ。おまけに運動までもできてしまうという、疑わしいほどすべてを完璧にこなす人。

ひとつでいいから欠点があってほしい。そうじゃなきゃ不平等だ。

完璧な人間なんているはずがないとわかっていながら、名島くんを見ていると本当に完璧な人間は存在してしまうような気がして、私は劣等感に駆られるのだった。

「あたしには眩《まぶ》しすぎて手も出せませんわ」

「成績とかさー、下から数えたほうが早いもんねうちら」

「あたし今回の総合、下から五番目だったよ」

「だはは、終わってる！」

ふたりの会話に適当に相槌《あいづち》を打ちながら、私は教卓のいちばん前の席を見つめた。

今この場にいない、一木《いちき》琴花の席だ。彼女もまた、桃音とあかりと同様に高校生活をともにしている友人のひとりである。赤点ばかりとっている桃音たちとは反対に、常に成績上位の琴花。テスト返却時に、「クラス一位は一木さんでした」と何度も聞いたことがある。

彼女はとくに英語が得意で、どうやら夏休みはオーストラリアに短期留学をするそうだ。琴花は海外への憧れや理想があるようなので、将来的には海外に移住したりするのかもしれない。

私も英語はそれなりにできるほうだけど、留学するほど熱量があるわけではないし、そもそも留学できるほど知識や能力があるわけでもない。テストの順位だって人に自慢できるほどいいわけでもない。あくまでも、学校の授業においては平均より成績がいいというだけだ。

海外への興味は少しもない。たまたま英語だっただけ。横原先生の担当科目がたとえば政治経済だったら、私は今頃日本の政治や経済にやたら詳しくなっていたことだろう。

「あ。琴花だ」

「これ、しばらく琴花とは一緒に帰れなそうだね」

「ねーホント、毎日忙しそう」

昇降口に向かう途中の廊下に、英語科準備室がある。桃音とあかりの会話につられ、通りがかりに準備室の中を見た。誰かと話している横原先生の姿を見つけ、それからすぐ、その向かいに座る琴花を視界にとらえた。机を挟んで向かい合わせに座るふたりに、心臓が少しだけ音を立てる。

話しているのは十中八九留学のことだとわかっていながら、私の中にひとつモヤモヤの塊《かたまり》が積まれた。

「ねーてか。あたし今日すぐ帰んなきゃ」

「そうなん？」

「今日焼肉食べに行くから寄り道しないで帰ってきてって。お母さんからＬＩＮＥきてた」

「うわー、いいなー！」

留学ってどうやって決まるんだろう。行きたいと言えば行けてしまうものなのだろうか。私も琴花に並ぶくらい英語ができたら、横原先生とふたりきりで話す機会が得られたのだろうか。

「あたしタン無限に食べたい」

「えーやだ、タン苦手。ホルモンも」

「え、いつも何食べてんの？」

「ビビンパ」

「石焼ね。いいね」

琴花がどのくらい勉強をしているのか、私は知らない。ここまでの人生で、どのくらい努力をしてきたのかも、どんな家庭環境で育ってきたのかも、どんな夢があるのかも、ひとつも知らない。琴花は自分の話をしてくるタイプではないし、私もそれを聞き出すようなタイプでもないからだ。きっと卒業するまで、私たちはお互いのことを知らないままなのだろう。

「聞くと焼肉食べたくなってくる。ねっ、栞奈」

知らないから、羨ましく、ときどき妬《ねた》ましく感じてしまうのかもしれない。

「うん、――……ずるい」

琴花ばかり、私にないものを全部持っていてずるい、と。

「また明日ね」

「うい～バイバイ！」

桃音とあかりとは駅で別れた。ひとりになった途端、無意識でいつもため息が出る。

学校は嫌いじゃない。けれど、これと言って好きでもない。

友達がいないわけじゃない。けれど、なんとなく馬が合わないときや、妬んでしまうときがある。

好きな人がいる。けれど、絶対に報われないことも知っているから、その先に進みたいとは思わない。

どうしてこんな曖昧《あいまい》な気持ちばかり抱えているんだろう。どうしてこんなに、毎日ちょっとずつ満たされないんだろう。私だけなのだろうか？　普通は、身近な人を妬んだり、友達に線を引いたり、やりきれない恋心を抱えていたりしないのだろうか。考え始めて、私だけが「普通」じゃないみたいで苦しくなるところまでがいつもの流れだ。

ため息をつき、なんとなく落ち込んだ気持ちを抱えながら、私は地元の図書館に向かった。

「つかお前また留年危機って聞いたけどマジ？」

そんな会話を耳にしたのは、図書館を出てすぐのことだった。雨はすっかり止んでいた。夏が近いこともあってか、辺りはまだそう暗くなかった。

「あ、そう。フツーに今度こそ終わりかも俺」

「お前サボリすぎなんじゃん？」

「そうなんだけど。去年も危なかったんだよな。次はないって脅された気する」

「もしそうなったら私あんたを見捨てて卒業していくよ」

「お前もギリギリだろ他人事じゃねえだろうが」

「留年と退学は避けたいよなー」

「まあ一応ね。一応」

私の最寄駅の近くには、あまり評判がよくない公立高校や定時制の高校がいくつかあって、通学路が被る他校生も当然いるのだが、いかにも遊んでいそうな金髪のチャラチャラした人だとか、スカートがありえないほど短いギャルだとか、いわゆるヤンキーみたいな人だとかとすれ違うことが多く、要するに自分とは無縁の高校生の割合が高い。

図書館や駅の近くの路地裏は夕方から治安が悪くなるから、ひとりで歩くのは控えるようにと、入学した頃はよく母に言われていた。

普段は大通りに面した道を歩いているから、実際に治安が悪いと噂の路地裏の近くを通ることはほとんどない。

今日はたまたま通っただけ。学校の図書室でやって帰るはずだった勉強ができなくて、家だとあまり集中できないから久々に地元の図書館を利用した。図書館の環境が記憶にあったものよりもよくなっていて、むしろ学校の図書室を利用するときより捗《はかど》ったような気もする。

いつもより帰りは遅くなってしまったけれど、日もまだ落ち切っていなかったし、通行人が絡まれたり喧嘩沙汰《けんかざた》になったりしている話は聞いたことがないので、正直なところ、この辺りの治安の悪さは気に留めていなかった。

「ってもなぁ。勉強とか無意味だと思ってるしな。将来に生かせることとかねーじゃん」

「煙草も無意味だろ別に」

「かっけーもん煙草は。俺絶対吸うのはヤマさんと同じやつって決めてんの」

「その理由だせーからやめなって。だから留年するんだよお前」

「まだしてねーよ！」

「でもヤマの煙草めちゃくちゃ薬品みたいな味するよ。おいしくないよあれ」

「えー」

りゅうねん、たばこ。聞き馴染《なじ》みのない言葉たちが、右側の路地から聞こえる。

きっと、じゃなくて絶対。そこにいるのは、治安を悪くしている人たちだ。姿は見えないけれど、会話の内容からして同世代か、もしくはいくつか年上の人たちだろう。声を聞いたかぎりで四人はいるようだけど、笑い声はもっと多い気もする。女性の声も聞こえるから、男女で集っているのかもしれない。

……引き返そう。道を変えて、大通り側を通って帰ろう。足音を極限まで消し、踵《きびす》を返そうとした、そのときのことだ。

「お前はもっとサツキのこと見習えよ。なあ？」

「まあ俺、学校ではいい子だから」

「俺お前んとこの女子に聞いたことある。ナシマサツキは完全無欠のイケメンだって」

え、と思わず声が出た。引き返そうとした足を止める。

記憶の片隅にぼんやりとあった名前と声が一致するのに、思い浮かべたその人と、今聞いた会話の内容が一致しない。

なしまさつき。名島皐月。

『天下の名島皐月。顔よし頭よしのリアコ製造機！』

ちょうど今日、桃音が言っていた言葉がよぎる。近くにそう何人も『名島皐月』がいるとは到底思えない。

「いいな。俺も皐月みたいにちやほやされてー」

「そんなこと言ってるからモテないんじゃんねお前」

「正論やめろ」

私は引き返すのをやめ、ただの通行人を装って足を進める。単なる好奇心だったのだと思う。この目で、自分が想像していることが本当なのか見てみたかった。

声が近くなる。煙草の匂いがした。数人の姿が見え、その手に収まる煙草をとらえた。

治安の悪い路地裏の喫煙所で、若い男女が留年の話をしていて、制服を着た金髪の男子もいれば、私服で煙草を吸っている女性もいた。ぱっと見た感じ、全員が高校生けるというわけでもなさそうで、どういう集まりなのか見当もつかなかった。

足音をできるだけ小さくし、私は通りがかるふりをして、声がするほうへ視線を向ける。

「てか皐月、今日ヤマさん来ないって？」

「んー。今日は――……」

――目が合ったのは、同じクラスの、私の記憶にいる名島皐月と同じ人だった。

「ん？　今日はなに？」

「あ、いや。仕事忙しいって言ってたから来ないと思う」

名島くんが話している。私が知っている声だ。名前が同じなだけでもなく、ものすごく顔が似ている別人でもなく、そこにいたのは確かに同じクラスの、名島皐月だ。

学校にいるときより砕けた話し方をしているように感じて、この悪そうな人たちと名島くんは確かに知り合いなのだとわかった。

「だよねぇ。ヤマさん仕事忙しそうだよね。大丈夫かなあ」

「煙草死ぬほど吸ってるからあの人ほんとにいつか危ない」

「止めさせてあげてよー。ヤマ、病むと煙草に逃げるし」

「あんたも人のこと言ってられないでしょ」

「あのねえ、高校生のガキにはわかんない社会人の闇っつーのがあんのよ」

反射的に目を逸《そ》らし、たまたま通りがかった他人を装いながら小走りでその場を通り過ぎる。

やっぱりさっき引き返せばよかった、とすぐに後悔した。遠目から確認しようと思っただけだったのに、あまりにも運が悪かった。あの場にいた他の人たちにはきっと気づかれていないはずなのに、まさかピンポイントで名島くんだけに見つかってしまうなんて。

私だって気づかれてしまっただろうか？　深い関わりがないとはいえ、いちクラスメイトだ。席も前後なので、必要な会話はそれなりに交わしてきたから、きっと気づいているはずだ。

煙草を吸っている人たちと一緒にいた。「学校ではいい子」と言っていた。

明日から、学校でどんな気持ちで名島くんと話せばいいんだろう。あれが本来の名島くんの姿なら、名島くんは明日から私に対してどんなふうに関わってくるんだろう。

「滝」

次の角をまがれば大通りに出れる、というタイミングで声をかけられた。ビクッと肩が震える。おそるおそる振り返ると、そこには名島くんが立っていた。

「……追いかけてきたの？」

「だって滝、がっつり目合ったのに逃げてくから」

「それは……」

名島くんが悪そうな人たちと一緒にいるところを見てしまったから、とは言えなかった。

表情だけでは、彼が何を考えているのか読み取れない。学校でしか会ったことがないから、私服姿はなんだか新鮮だった。制服を着ているときの爽やかなイメージとは裏腹に、黒の大きめのパーカーに暗めのデニムを穿《は》いていて、雰囲気はいつもよりダークに感じる。

名島くんと私。ただのクラスメイトだ。

同じ広報委員ではあるけれど、委員会の集まりは月に一度だけなので、友達と呼べるほどの言葉は交わしたことがない。だから、名島くんの学校外の交友関係までは知るはずもない。

「……いつもと……学校と、なんか雰囲気違うね」

学校での名島くんは、女子人気も高くて、先生からも信頼されていて、友達も多くて、勉強も運動もできる完璧な人。いい子、なんて言葉じゃおさまらないくらい、誰にでも平等に優しい。キラキラしすぎて私には眩しすぎるくらいだ。

人気者の理由が、彼にはちゃんとある。

「べつに変わらないと思うけど。いつもってさ、滝の中で俺ってどう見えてんの？」

じゃあ、今私と話しているのは本当にあの名島くんなのだろうか。

「あ、いや……えっとごめん。気のせいだったかも」

「そう？」

「私もう帰らなくちゃ。……また明日」

決して強い言葉をかけられたわけではないのに、わかったように言うな、と言われているような気がして、それ以上は何も言えなかった。

目を逸らし、小さく手を振って別れる。

名島皐月は完全無欠——なんて、最初にそう言ったのは誰だろう。

二、普通の化け物

「滝、おはよ」

──昨日の名島くんは、やっぱり幻《まぼろし》だったのかもしれない。

「……な、名島くん」

「元気ないね。寝不足?」

ホームルームが始まるまでスマホを見ていたところに、ギリギリに登校してきた名島くんにうしろから声をかけられた。反射的にスマホを伏せる。

急にうしろから声をかけるのはやめてほしいんだけど、と思いながら、「……大丈夫」と小さく返す。

「そういえば今日、放課後委員会あるから忘れないでね」

「あ、えっと……うん」

名島くんは、いつもと変わらなかった。朝の挨拶は席が前後の者同士の最低限の会話。声色もトーンも何ひとつ違わない、毎日学校で見ているままの、完全無欠の名島皐月だ。

昨日のダークな雰囲気はどこにもない。ほんのり感じた圧も、今日は全く感じなかった。気まずさをひとりで抱えているのがバカらしくなるくらいに。

今日に限って委員会があるなんて運が悪い、と私はうしろの席に座る名島くんにはバレないように肩を落とした。

『滝の中で俺ってどう見えてんの？』

その日の授業中、私はずっと同じことを考えていた。昨日名島くんに言われた言葉が頭の中で何度も再生される。名島くんは私のうしろの席だから、そう頻繁に視線を向けることができなかったけれど、休み時間のたびに名島くんの机には誰かがやってきて話をしているので、彼が人気者であることは改めてよくわかった。

だからこそ、自分の記憶の中にある昨日のできごとがまだ信じられずにいた。

「名島くんってさ、なんで彼女いないんだろうね？」

昼休み。お弁当を食べながら、あかりが不思議そうに呟いた。「マジで一生疑問」と付け足して、彼女は卵焼きを頬張っている。

名島くんはいつも学食に行っているのか昼休みは教室にいないことが多いので、彼の席はいつもあかりが勝手に借りている。

桃音とあかりが唐突に恋バナを始めるのはいつものことなので、普段は他人事のように聞き流しているけれど、昨日の今日だからか、なんとなく気になってしまっている自分がいた。

名島くんは入学当初から「かっこいい」と女子の間で話題になっていたけれど、今まで一度も誰かと付き合っているという噂を聞いたことがない。

「たしかに。冷静になるとね。あんなにかっこいいといないほうがおかしい」

「いやでも実際絶対いるよねぇ。他校とか、社会人とか」

「ね。それかもう一周回ってホントはゲイとか」

「それエグ！」

「でも正直、誰かのものになるくらいなら女子全員対象外でいてもらったほうがいいまである。男が好きなら、それはそれで受け入れられるかも全然」

「まあ、顔がいいと多少のことは許せるかぁ」

ねえ？と急に同意を求められ、私は反射的に頷《うなず》いた。誰かを好きになることは、それが仮に同性であっても、誰かに許してもらうようなことじゃない。そうは思っていても、わざわざ擁護するほど名島くんと親しくもないので、私は適当にやりすごす。

「そういうの、あんまり教室で話さないほうがよくない？」

けれど、そういうところが、彼女と私では圧倒的に違うのだろう。

黙々とお弁当を食べていた琴花が、当然のように言ってのける。桃音たちも、一瞬言葉を詰まらせ、互いに顔を見合わせた。

「すーぐあることないこと言われて回っちゃうんだから。私も留学のことで先生といるとときどきコソコソ言われるけどさ……フツーに不快だもん」

「あー、そうだった。あたしらが悪かったわ今の」

「あるわけないのにね、先生となんて」

やっぱり、私と琴花は違う。桃音ともあかりとも違うけれど、彼女たちに対する感情ともまた別の、嫉妬でもあり、嫌悪でもある、表現しきれない感情が溢《あふ》れ出す。

「横原先生と、私ホントに留学の話しかしたことないよ」

「若くてイケメンだからね。男の敵なんじゃん？　大人からしたら高校生なんてただのクソガキなのにさあ」

「ね、ほんと」

勉強もできて、発言力もあって、人を思いやる気持ちがあるくせに、彼女にとって……ありえないことはありえないと簡単に断言する。自分の正義を疑わない。いつも自分が正しいと思っている。名島くんの真実かどうかわからない噂は否定しても、目の前でありえない人に恋をしている人がいる可能性は考えない。そういう、自己中心的で高慢なところが、私は羨ましくて――不快なのだ。

「かーんな」

「ぅわっ」

話していると、急に肩に重みを感じて思わず声が出た。

「なんの話してんのー？」

「……世良《せら》くん。離れて」

「えー」

「えーじゃないから」

肩にのせられた腕を振り払い、「やめて」となるべくきつめに言う。けれどそれは本気にしてもらえず、その男は「つれねーなぁ」と笑うだけだった。

「世良やめなって。栞奈はみんなの前でくっつくのとか嫌なんだって」

「べつにそんなくっついてないじゃんね」

「栞奈。やならやだって言わないとこいつ調子乗るよ」

「私いつも言ってるんだけど……」

「じゃあ世良がなんも聞いてないんだ。世良みたいなやつのせいでこれだから男はって言われるんだよ」

「言い過ぎじゃない？　え？」

桃音と世良くんのやりとりを聞き流し、小さくため息をつく。

世良斗真《とうま》という男は、クラスメイトであり、私の恋人でもある。明るく陽気で、よく笑う人だ。恋愛として意識したことは一度もなかった。けれど、周りの空気に流されるまま、一年生の終わりに付き合うことになった。

彼はいつも距離感が近い。付き合う前も近いなと思ってはいたけれど、付き合い始めてからは余計に近くなった気がする。恋人同士だからあたりまえなのかもしれないけれど、人前でくっつくのも、ふたりきりのときにスキンシップが増えるのも、正直苦手だった。

慣れていないから、という言い訳でいろんなことをスローペースにしているけれど、それでも避けられない瞬間もあるわけで、触れ合うたびに自分がとても悪いことをしている気持ちになるのだった。

「愛されてるってことだよ」と桃音たちは言うけれど、私はべつに、世良くんに愛されたいわけでも、彼に何かを望んでいるわけでもないのに、と思う。

「てか栞奈。今日部活になっちゃってさ。代わりに明日休みになったんだけど明日でもいい？　行きたいって言ってたカフェ」

「あぁ……うん。大丈夫」

サッカー部の世良くんには、週に一回部活が休みの日がある。その日は毎週一緒に下校して、ときどきカフェやショッピングモールに寄り道して帰ったりしているのだが、正直なところ、週に一度義務的に行われるデートには、なんのときめきもなかった。

「ごめんな。明日は絶対大丈夫だから！」

「気にしなくていいよ。私も委員会だったし」

「なんだ！　じゃあ逆によかった。忘れんなよー委員会」

「うん」

　今日の放課後の約束がなくなって内心ほっとしていることを、世良くんは疑うことすらしない。本音を言うと、忘れていたのは委員会ではなく世良くんとの約束のほうだ。一緒に帰るのは習慣化しているので忘れることはないけれど、カフェに行く約束までは覚えていなかった。世良くんの都合もあって予定変更になったからよかったけれど、そうじゃなかったら変に拗《す》ねられて面倒だったな、と思う。

　みんなが思っているような気持ちを、私は恋人である世良くんに抱いたことがない。好きじゃないのだ。恋愛的に、彼のことを。だから、好きだと言われてもうまく受け止めきれないし、恋人同士じゃあたりまえのスキンシップには前向きになれない。

　だって、私が好きなのは。私が一緒にいたいのは。

　――なんて、こんな気持ちを抱えていることなど誰かに言えるわけもないのだけれど。

「ね、ごめん。そろそろ俺の席譲ってもらってもいい？」

　昼休みがもうすぐ終わろうとしていたタイミングで控えめにかけられたその声に、私を含めそこにいた全員がつられて視線を向ける。学食から戻ってきたらしい名島くんがそこにはいて、彼の席を使っていたあかりが「あ、ごめんね！」と言ってすぐに立ち上がった。

「こっちこそごめん。全然ゆっくりでいいよ」

「ややや。もう予鈴鳴るし。マジごめんいつも！」

名島くんが戻ってきたことで、机の上を急いで片付け、みんな一斉に自分の席に戻っていく。

去り際、世良くんがあたりまえのように私の頭に触れてきて、桃音たちはその様子をニヤニヤしながら見ていた。琴花は我関せずといった感じで、あっという間に席についている。視界に映るすべてに苛立《いらだ》ちが募り、ため息が出た。

どうしてこんなにイライラするんだろう。どうしたら毎日をつまらないと感じなくなるんだろう。私はどうしたらこんな気持ちにならずに済むんだろう。

「大変そうだね」

「え」

他人事のように、けれども少しだけ含みのあるその言葉は、うしろの席に座った名島くんから向けられたものだった。どういう意味？とは聞けないまま予鈴が鳴る。

抱いた違和感は、消化されないまま私の中に沈んでいってしまった。

「名島くん、私お手洗い行ってから向かうね」

「わかった」

ホームルームが終わってから委員会が始まるまでは十五分の猶予がある。友達同士で同じ委員会を選んでいれば、一緒に教室を出て、始まるまでは適当に会話をして待つのが普通なのかもしれないが、私と名島くんは友達関係ではないので、一緒に行動することはしない。

念の為、一言声をかけてから教室を出る。廊下は、これから下校する生徒や部活に急ぐ生徒で溢れ、にぎわっていた。人の波から逃れるように、英語科準備室の前を通るルートを選んでトイレへ向かう。

目的があるわけじゃない。ただ少しだけ、一瞬でいいから顔を見たかっただけだ。トイレを済ませたあと、たまたま通りがかったかのように澄ました顔で準備室の前を通る。少しだけ歩くスピードを落とし、ドアの向こうをチラ見する。電気はついていたけれど、誰の姿も見られない。タイミングが悪かったみたいだ。小さく肩を落とし、委員会に向かおうと視線を正面に戻す。

「滝さん、なにか用事ですか」

「わっ」

突然目の前に現れた横原先生に、私は驚きを隠せなかった。

「びっ……くりした……。急に現れるのやめてください」

「驚かすつもりはなかったんですが。すみません」

くすくすと肩を揺らして笑う先生に、心臓がきゅっと締め付けられた。授業中笑うことはめったにない先生の笑顔。レアすぎて、人目もはばからず目が離せなかった。指通りがよさそうなさらさらの髪。透き通るような綺麗《きれい》な肌。少したれ目がちな目元。血色のよい、薄い唇。いちばん上まできっちり留められたボタンも、柔らかで丁寧な言葉使いもすべて、先生に馴染んでいる。

美しいと思った。愛しいと思った。——好きだと、思った。

誰にも言ったことのない、そしてこれからも言うことのない気持ち。

横原先生に恋をしたのは、高校に入学してすぐのときだ。一年生のとき、私のクラスの担任だった横原先生に、私はひとめ惚れをした。それまで、誰かに恋をしたことも、誰かを推したこともない私には、未知の感情だった。けれどもたしかに、恋に落ちる音を聞いたのだった。

先生と少しでも会話する機会を増やそうといろんなことを試みようとした。担任とは言え、特別な理由がなければふたりで話すことなんてなかったので、先生が顧問をしている囲碁将棋《いごしょうぎ》部に入ろうとしたり、わからないふりをして授業の質問をしに行こうとしたり、派手な女子生徒たちに混ざって休み時間にダル絡みしに行こうとしたりもした。けれども、中学生のときから周りに合わせてばかりで自分から行動することが苦手な私にはどれもハードルが高くて、実現することはできないまま全て妄想で終わった。

そんな中たどり着いたのが、「英語の成績をあげる」ことだった。

初めての中間試験で、英語の成績が学年一位だったのは琴花だった。「一位は一木さんでした」というのを聞いたとき、横原先生に自分を認識してもらうのはこれしかないと思ったのだった。それに、真実かどうかはさておき、なんとなく先生はかしこい人のほうが好きそうな気がしていた。

それがちょうど一年前のこと。二年生にあがり、担任が替わった今でも私は英語の成績だけは上位に居続けているけれど、そのうち一度だって三位以上を取ったことがない。

「一木さんなら今日は来ていませんよ」

「いえ……あの、べつに、琴花に用事があったわけじゃなくて。ただ通りがかっただけです」

「そうでしたか」

前触れもなく横原先生の口から琴花の名前が出て、少しだけ嫌な気持ちになる。

「留学とか、すごいですよね」

私には無理ですけど。反射的にそう付け足した自分に嫌気がさした。どうしてこんな言い方になってしまうんだろう。琴花だってきっと努力を重ねているはずなのに、私はそれを想像できない。したくない。

なんでもできる人が努力なんてしないでほしい、と無茶苦茶な気持ちを抱えてしまう。留学のシステムを詳しく知らないくせに、毎日放課後を献上してまで何を話すことがあるんだろう、と思ってしまう。

『あるわけないのにね、先生となんて』

琴花と横原先生は一切曇《くも》りのない、健全な関係だとわかっているのに、どうしたって羨ましくて仕方ない。

「無理じゃないですよ」

「でも私、海外はあんまり興味なくて……」

「そうですか。じゃあもし興味が出ることがあったらそのときは教えてください。あ、資料だけでも持って行きますか？」

「でも私、三十分から委員会で」

「ちょっと待ってくださいね。ちょうど一木さんに渡したやつの残りが……」

私が興味を持っているのは、英語の応用でも海外のことでもなくて、横原先生のことだけだ。

こんなに不純だから、私はいつまで経っても中途半端で、中途半端なまま恋心を消化できずにいるのかもしれない。先生と話す機会を得られるのなら、多少強引だったとしても、興味のない海外のことも喜んで知ろうとしてしまうのだろう。

「先生は……もう帰るんですか？」

「そうですね。今日は部活もないので」

「囲碁将棋部って活動してますっけ？」

「失礼な。ありますよ、ちゃんと活動してます。集まりは悪いみたいですが」

「先生が行かないからですよ。部活なんてだいたい顧問がいないときサボってますもん」

「ふ。でもまあ私は部を存続させるためにかろうじて置かれているだけなので。いなくても支障はないんですよ」

「ふうん」

たわいのない会話をしながら先生は資料を探している。私はなりゆきで準備室の中に入り、その様子を近くで見ていた。一年生の頃は、日直のときに何度か入ったことがあったけれど、先生が担任じゃなくなってからはめったに来ることがなくなった英語科準備室。まじまじと見ることがなかったので、なんだかとても新鮮だった。

中は意外と散らかっていて、教科書やノート、筆記用具や延長コードまでもがあちこちに放り出されている。

「先生って片付け苦手ですか？」

机の上にあった文庫本を手に取って、ぱらぱらとめくりながら先生に問う。その本は難しそうな海外の作品だった。琴花だったら、この本も簡単に読めるのだろうか、と思う。

「物の置き場は決まってるんで大丈夫です」

「大丈夫ってなんですか。この感じだと自分の部屋も結構散らかってそう」

「や、ぼく部屋はわりかし綺麗に……こら、勝手に触らない」

「ていうか先生。煙草吸うんですか」

ふと、机の隅に置かれた電子煙草が目についた。先生からは「ときどきです」と短く返される。

「おいしいんですか」

「んー……あんまりそういう感覚はないんですけど」

「じゃあどうして吸うんですか」

「大人だからですかね？」

なんて残酷な言葉なんだろうと思った。私と先生の間にある大きな壁。越えたくても、越えることができない。

「でもやめたほうがいいです。体を悪くするだけなので」

「……吸わないです、私、まだ子供なので」

「ふ。そうですね」

几帳面《きちょうめん》そうに見えて片付けができないところだとか、真面目そうに見えて案外適当に仕事をしているところだとか、普段は一人称が「私」なのにふとしたときに「ぼく」にかわるところだとか、怒ってないくせに「こら」と怒ってくるところだとか。

意外に喫煙者であることさえも、全部愛おしく感じてしまってたまらなかった。

誰かに吐露したいのに、誰にも共有できないことがあまりにももどかしい。

「あ、あった。すみません、お待たせしました」

「いや……ありがとうございます、わざわざ」

「私が押し付けたようなものなので。ただ、滝さんにも無理じゃないってことだけは伝えておきます」

先生にとって一生徒以外の何者にもなれない私は、ぶつけることのできない気持ちを些細《ささい》なことで募らせてばかりだ。

「委員会前に引き留めてすみません」

「……べつに大丈夫です。さようなら、先生」

左手の薬指に光る指輪が眩しい。

先生は、何も知らない。琴花に対して嫉妬心を抱いていることも、あえて英語科準備室の前を通っていることも、私が先生に対して特別な気持ちを抱えていることも。

知ってもらえないことが、こんなにも苦しい。

「あ。滝」

受け取った資料を抱えたまま挨拶をして、私は準備室を出たところで名前を呼ばれた。知っている声に反射的に顔をあげると名島くんがいて、脈拍が早まったのがわかった。そんな私のことはおかまいなしに、彼は「もう行ったかと思ってた」と自然な流れで言葉を続ける。

「こんなとこで何してんの」

「……まあ、ちょっと」

準備室にはまだ横原先生がいる。意味のないことだとわかっていながら、名島くんと一緒にいるところを先生に見られて変に解釈されたくなくて、私は話しながらその場を離れた。

「名島くんこそこんなところで何してるの」

「俺もトイレ。こっちのほうが空いてるから」

「そう……」

一緒に委員会に行く流れは避けられなさそうだったので、適当に会話をしながら目的地を目指す。

「その資料。滝も留学するの？」

「しないよ。ていうか『も』って何」

「一木も留学行くじゃん。だから滝もそうなのかなって」

「……なんでも一緒にしないでよ」

思わず低く呟いた。横原先生といい、名島くんといい、友達だからってなんでもセットで考えるのはやめてほしい。

「滝って一木のこと嫌いなの？」

「……なんで？」

「なんとなく。最初に否定しないのもなんかそれっぽいし」

ハハ、と笑われて舌打ちが出そうになった。

「べつに……そういうんじゃない。好きだよ」

「へえー」

名島くんのことが、私は少し苦手だ。もっと言えば、苦手というよりは「嫌い」。明確な理由はないけれど、この不信感は、笑った顔が嘘《うそ》っぽかったり、全員に優しすぎて本当にそんな完璧な人いる？と、そういう小さな疑問が少しずつ重なった結果からくるものなのだと思う。

完全無欠の名島皐月には、絶対に裏の顔がある。私はひそかにそう睨《にら》んでいた。

だから、昨日名島くんを見たとき、幻なんじゃないかと思う反面、「やっぱり」とも思ったのだ。

「てか滝ってあの先せ、」

「名島くん、もう委員会始まる。早く行こうよ」

必要以上に名島くんとふたりで話していたくなくて、私は半ば無理やり会話を遮《さえぎ》った。名島くんが話そうとしていたことを、私は聞こうとしなかった。


「待って滝」

委員会が終わり、名島くんとこれ以上無駄な話をしないために早急に教室を出たつもりが、引き留められてしまった。聞こえないふりをするのはあまりにも感じが悪すぎる気もして、私は渋々足を止める。

「なんか用事でもあるの？」

「ないけど……」

今日は、どうしてこんなに名島くんに捕まってしまうんだろう。昨日、たまたま名島くんの違う一面を見てしまったせいで変に意識しすぎているせいかとも考えたけれど、とはいえこの違和感はなんだろうか。

思い込みかもしれないけれど、名島くんの雰囲気も、なんとなくいつもと違うように感じる。いつも、というのはつまり学校で見ている胡散臭い名島くんを指すものであって、今日の名島くんに対して抱いている嫌悪感は、胡散臭さからくるものとは違う部類のそれだ。

「一緒に帰ろうよ」

「え……なんで？」

「だって方向同じじゃん。それに——昨日も会ったし？」

平然と言われたそれに、私は言葉を詰まらせた。

昨日、地元の図書館からの帰り道に見た光景。いかにも悪そうな人たちと話す声。煙草を吸っていそうな会話。あれが、名島くんの裏の顔なんだとしたら。

『滝の中で俺ってどう見えてんの？』

昨日名島くんに言われた言葉。あのとき見た名島くんは幻じゃなくて、たしかに本人だったと言われているような感覚になる。

私の中で、名島くんは。完全無欠と謳《うた》われる、絶対に裏があるであろう名島皐月は。

「……私、名島くんのこと苦手」

「ふ。それ、昨日の質問の答え？」

「答えっていうか……うん、苦手っていうか、嫌いかも」

「奇遇。俺もさ、滝のこと見てるとなんか腹立つんだよね」

名島くんが笑う。棘《とげ》のある言い方なのに表情は笑っていて、それもまた不気味だった。

「まあ、こんなところで話すのもなんだし帰ろうよ。俺、滝にもっと聞いてみたいことあるからさ」

私は名島くんと話すことなんてない。

いったい彼は、なんの話をするつもりなんだろう。

名島くんのことが、やっぱり嫌いだ。


「広報委員とかもっと楽だと思ってた。広報誌とか面倒だね、集まり増えそうだし」

「うん」

「来週、もし俺が忘れてたら声かけてほしい。大丈夫だと思うけど」

「わかった」

流されるまま、私は気まずさを抱えながら名島くんの半歩うしろを歩いている。普段、彼は私のうしろに座っているから、名島くんのうしろ姿を見るのはなんだかとても新鮮だった。意外と襟足《えりあし》は刈り上げているんだなとか、華奢《きゃしゃ》に見えるのに案外肩幅ちゃんとあるなあとか、本人には決して言わないであろう感想ばかりが浮かぶ。

名島くんとふたりになるなんて、私のぱっとしない高校生活において、あるはずがないと思っていた。緊張して、手汗が止まらなくなっている。普通だったら、女子人気も高い名島くんとふたりで帰るなんてシチュエーションは喜ばしいことなのかもしれないけれど、私は一ミリもそんなふうには思えなかった。嫌いな人と一緒に帰るくらいなら、世良くんとデートしたほうがマシだ。

「もう六月も終わるね」

「うん」

「七月ってさぁ、夏の顔してまだ全然梅雨なの罠《わな》じゃない?」

灰色の雲に覆われた空を見上げながら名島くんがたわいない話をする。私は、「そうだね」とつまらない返事をした。

「世良もよく言ってる。サッカー部、この時期グラウンドあんまり使えなくてつらいって」

「へえー……」

「大会近いのに可哀想だよね。テスト期間も被ってるし、それなのに赤点とっちゃダメらしいじゃん。うちの運動部ってなんであんなに厳しいんだろ」

「ね」

「って、同じ話世良からもう聞いてるか。彼女だし」

「べつに……彼女だからってなんでも知ってるわけじゃないよ」

世良くんと付き合っているのは、そういう流れになっていたからだ。たまたま相手が世良くんだっただけで、べつに誰でもよかったのだと思う。

これは、普通でいられない私が普通にふるまうための手段だ。彼女だからとか、友達だからとか、関係性の名称が相手のすべてを知っているための条件にあってほしくない。そう思うのは、私だけなのだろうか？

「滝ってさ」

名島くんの声が響く。振り向いた名島くんと目があって、私は反射的に足を止めた。

「世良のことちゃんと好き？」

「……え」

「ちゃんと好きで、世良と付き合ってる？」

今まで聞かれたことのない質問だった。まっすぐな瞳に囚われて動けなくなる。

私は、「ちゃんと」「好き」で世良くんと付き合っているわけじゃない。答えはすぐに出るのに、それを名島くんに言うことはできない。空気を読んで、自分に嘘をつく。それがこの高校生活における最適解だと、私は知っている。

「……好きだけど」

「横原先生より？」

「は？」

けれど、間髪入れずに言われたそれに思わず声が零《こぼ》れた。眉間にしわが寄る。

「は?」は嫌な言葉使いだからやめなさいと母に教えられてきたのに、抑えきれなかった。名島くんの表情からは、何を考えているのか見当もつかなかった。

「本当は世良じゃなくて、横原先生のこと好きなんじゃないの?」

どうして名島くんから横原先生の名前が出たのか、わからなかった。先生に恋をしていることは、周りにいる誰にも言ったことがない。簡単に口に出せる気持ちではないし、打ち明けられるほど信用できる友達も、この学校にはいない。当然、先生本人に伝えたこともない。

私だけが知っている。私だけが、ひとりで抱え続けている気持ち。

「そんなわけないじゃん」

だから、この気持ちが誰かに——よりによって名島くんにバレるなんてことは、あるはずがない。

「嘘っぽい。滝がそんな顔してるの見たことない」

「そんな顔ってなに? 名島くん、私とそんなに関わったことないくせに」

口調が荒くなる。らしくないとわかっていながら、うまくコントロールできない。

鞄《かばん》を持つ手に力がこもる。

「でもさごめん。俺今朝、見えちゃったんだよね」

「なに……何、が」

「滝のスマホ。横原先生の写真見てた。しかも多分、盗撮した感じの」

息を呑んだ。

記憶をたどり、今朝のことを思い出す。

朝、ホームルームが始まる前。うしろから急に名島くんが話しかけてきて、びっくりして反射的にスマホを伏せたあのとき。

多分、というか絶対に、私は写真フォルダを整理していた。

容量が多くなってきたから、いらないスクリーンショットや動画を消していた。スクロールしているうちに流れてきた、横原先生の写真。隣には奥さんと見られる女性がいて、ふたりはとても幸せそうに笑っていた。

半年前、休日にひとりで買い物にでかけたときにたまたま横原先生の姿を見かけた。休日の先生を見るのはそのときが初めてで、想像通りの私服に自然と口角がゆるんだ。

休日に先生もひとりで買い物にでかけたりするんだ、と思った矢先、小柄で可愛らしい女性が先生のもとにやってきた。それが奥さんであることはすぐにわかった。私の視力がやたら良いせいで、柔らかくなった先生の表情まで見えた。フォルダに残る写真は、そのときに撮ったものだ。

収めておきたかったのだと思う。学校ではこの先もきっと見ることのできない先生の顔を。先生が好きになった女性を。

この女性像を理想に掲げていれば、いつか、なにかの間違いで先生が私を好きになってくれるかもしれない。先生の表情を見ていれば、その可能性が限りなくゼロに近いこともわかっていたけれど、それでもこの気持ちは捨て切れなかった。

消さなければ、と思いながら消せずにいた。そうしているうちに何度もフォルダを見返す癖がつき、いつのまにか半年も経ってしまった。

まさか、名島くんに見られているなんて思いもしなかった。

「……何それ。見間違いじゃない？」

「誰との？」

「誰でもいいでしょ。ていうか人のスマホ画面見るのやめてよ」

「だからそれはごめんって最初に言った」

「謝ればいいって問題じゃないじゃん」

この気持ちは絶対誰にもバレてはいけない。そんなことは、先生を好きになったときから私がいちばん知っているつもりだ。

「滝さあ、今焦ってるのは俺が言ったこと全部正解だから？」

それなのに、話せば話すほどボロが出る。名島くんは、こんなふうに問い詰めるような人だっただろうか？　考えて、「そこまで関わったことないくせに」という、さっき自分が彼に投げかけた言葉を思い出す。

名島くんが本当はどんな人だったかわかるほど、私は彼を知らない。そしてそれは、逆も然りだ。

「違うって言ってるじゃん。だいたい先生を好きになるとかありえないでしょ……気持ち悪い」

自分で言っておきながら、その言葉が重かった。先生を好きになるとかありえない。気持ち悪い。

自分で自分を否定しているみたいで胸が痛んだけれど、一般的に、常識的に考えたら、私の気持ちはありえないことなのだから、この言葉はきっと正しいのだと思う。

「……ていうか、名島くんこそどうなの？」

名島くんから逃げるように視線を逸らした私は、この話題を避けるように名島くんに問いかけた。

「なにが？」

「昨日、悪そうな人たちと一緒にいた。……会話だって聞こえてきたよ。名島くん、本当はこっそり煙草吸ってたりするんでしょ。学校にバレたらそれこそやばいんじゃないの？」

名島くんは表情ひとつ変えず、「そうかもね」と短く言う。

私ばかりが動揺していてバカみたいだ。澄ました顔もなんだか癪《しゃく》に障る。この人のことが嫌いだ。心からそう思った。

「悪い人とつるんでるとか、煙草とか、名島くんのイメージぶっ壊れちゃうね。名島くんのキラキラした雰囲気とか、仕草とかさ、王子様みたいで好きになってる子たくさんいるんだよ？　完全無欠のリアコ製造機だって」

「あほらし。勝手に騒いでるだけでしょそれ。俺が頼んだわけでもあるまいし」

「そんな言い方……」

「それよりそんなに焦ってるってことはさ、やっぱ本当に先生のこと好きなんだね」

「っ違うってば……！」

名島くんが王子様なんて嘘だ。爽やかな雰囲気に騙《だま》されているだけなんだ、みんな。突き放すような言葉。煽《あお》るような態度。これが名島くんの本当の姿だったのだと嫌でもわかってしまう。

「べつに、バラしたいならバラしていいよ。そんなの秘密でもなんでもないし」

名島くんの視線が刺さる。何を考えているのか、この期《ご》に及んでもわからない。

「ねえ滝」

静かに名前を呼ばれる。視線が交わって、逸らすことはできなかった。

「先生を好きになるのが気持ち悪いことなら、滝からしてみれば、俺みたいなやつは化け物にでも思えちゃうんじゃない？」

「何が……」

「俺、ゲイなんだよね。男なのに、男を好きになんの」

それは、まっすぐ端的で、そんなに関わったことがない私にもわかりやすい言葉だった。

「ねえ、滝。人を好きになるって、気持ち悪いこと？」

私は知ってしまった。完全無欠の人気者、名島皐月に彼女がいない理由を。

ちょっとだけ猫をかぶっていることも、隠れて煙草を吸っていることも、同性を好きになる名島くんにとっては秘密でもなんでもないと言う。

返す言葉が見つからなくて戸惑う私に、名島くんは小さく笑いながら言うのだった。

「滝が誰を好きでもべつにいいけどさ。体裁のために世良と付き合ってるなら別れてほしいんだけど」

「……はあ？　何それ——」

「好きじゃないなら俺にちょうだいよ。世良のこと」

三、きらめきに思慕

世良くんの部活の兼ね合いで今日にずらした放課後のデートには、相変わらず乗り気になれなかった。けれど、そんな私に反して世良くんは楽しそうに自分の話をしていた。

カフェに入り、それぞれフルーツタルトを頼んだ。甘いものは好きだけど、週に一回行くほどじゃない。映画もショッピングも、思い立ったときにひとりで行けたらそれでいいし、写真は撮ったところでSNSにあげるとはないのに、私の隣にはいつも世良くんがいて、突き放すことができない。

私が別れを切り出せば、この日常は簡単に終わる。

わかっているのに、私には現状を変えようとする強い意思がない。そうしているうちにいつまでも続いてしまうような気がして、ため息が出た。

『世良のことちゃんと好き?』

『体裁のために世良と付き合ってるなら別れてほしいんだけど』

昨日からずっと、私は名島くんの言葉ばかり思い出している。無駄なものを含まない言葉の棘。わざわざ言われたくないことだったからこそ、こんなにもモヤモヤしてしまうのだろう。

名島くんのことがわからない。わかる必要もないと思っているくせに、こんなにも思考を蝕《むしば》まれている。

「それでさ、そんときにコーチが——」

「……ねえ」

「ん？」

適当に相槌を打つだけだった世良くんの話題を遮って、私は聞いた。

「名島くんってどんな人、なのかな」

その質問をしてすぐ、私はなんでこんなことを聞いているんだろうと我に返った。

「名島？　なんで急に」

「あ、いや……ごめん急に。深い意味はなくて」

正面に座る彼が不思議そうに私を見つめている。聞き返されることなんて簡単に想像できたのに、どうして聞く前に止まれなかったのか、自分が不思議でならなかった。

目の前にあるフルーツタルトのいちごにフォークを刺したまま、私は思考をめぐらせる。

深い意味はない。けれども、なぜと聞かれて、本当の理由を伝えることもできない。

「栞奈？」

「名島くんうしろの席になってから初めてくらいにまともに話したんだけど、よくわかんない人だったたから。ごめん、今急に思い出しちゃったから聞いてみただけなの。……ちょっとだけ、苦手だったたっていうか」

嘘はついていない。むしろ正直に話しすぎているくらいだ。「世良くん、ときどき一緒にいるから」と付け足すと、「まあたしかに」と納得したように零した。

名島くんと世良くんは、特別仲が良いわけではないけれど、全然関わらないほど遠い関係でもない。それは、この半年彼女という立場にいれば自然とわかることだ。

名島くんは、どこのグループにも属さない。世良くんのように、運動部のいわゆる陽キャな生徒ばかりが集まっているグループで行動していることもあれば、消極的な生徒たちと一緒にいることもあるし、ひとりでいるところもときどき見かける。男子も女子も関係ない。分け隔《へだ》てなく平等に全員と関わるというのは、名島くんのような完璧に出来上がった人にしかできないことなのだと思う。

「名島かあ。まあ、ミステリアスだよな。あとめちゃくちゃモテる」

「ああ……そうだよね」

「勉強もスポーツもできるじゃん。イケメンだし。なのにそれをひけらかしたりもしないから印象いいんだよなぁ。俺も思うし、俺以外も多分みんな思ってるんじゃない？　名島マジでいいやつ」

これは、光を宿しているときの名島くんの話だ。私が二日前まで持っていたイメージと同じもの。

運動もできる、勉強もできる、さらには顔もよし。誰のことも見捨てない、完全無欠の優しい王子様。

けれどもそれが彼のすべてではないことを、私はもう知ってしまった。

これ以上世良くんの話を聞いていても何も情報は追加されないと思い、話を切り上げようとすると、「ああ、あと」と世良くんが思い出したように言った。

「名島、彼女いたことないんだって」

それを聞いた瞬間、たったそれだけで、すべてが繋《つな》がった気がした。

「絶対嘘だと思うんだけどさ。あんなモテるんだしありえないじゃん？　でもそもそも恋愛系の話あんましないっていうか、聞いたことないんだよなぁ」

「……そうなんだ」

「ときどき昼休みとかも消えてるときある。俺らもいつも一緒にいるわけじゃないんだけどさ、昼飯誘おうとしたらいない、みたいなこと結構あるんだよね。俺らん中ではふざけて、女と会ってんじゃね？って噂にしてる」

実際どこで何してるかは聞いたことないけど、と付け足され、私は適当に相槌を打つ。

名島くんは自分のことをゲイだと言っていた。彼は、同性を好きになる。性格に難があるから彼女がいないんじゃない。女の子を好きにならないから、「彼女」がいないのだ。

桃音たちが冗談のつもりで言っていたであろう「一周回ってホントはゲイとか」なんていう会話は、一周回らなくたって本当だった。

このことは、きっとこの学校の誰も知らない。そんな事実を、私が知ってしまってよかったのだろうか？

「なに。名島のこと好きになったとか言う？」

世良くんが私の顔を覗《のぞ》き込んでくる。近い、と言って体を少し離した。

どうしてみんなすぐに恋愛に発展させようとするんだろう。ため息が出る。普段関わらない異性の話題を出したり、人より関わりが多い異性がいたりすることなんて、普通にあるはずなのに。

「異性」なんて枠組みは、単に性別が異なるだけで、特別なことじゃない。

「そんなわけないじゃん。苦手だって言ったでしょ」

「嫌い同士が好き同士になるのはお決まりのパターンですから」

「すぐそういうふうに捉《とら》えるのやめて」

「ごめんって、冗談。怒んないでよ」

悪いと思っていなさそうな謝罪に内心腹を立てながら、「もういいよ」と話を終わらせる。

世良くんと接する時間は、ほとんど作業のようなものだ。失礼なことだとわかっていながら、私はそれを続けている。

「てかさ、来週から試験期間じゃん。一緒に勉強しよ」

「ああ……うん」

私の恋人が横原先生だったらいいのに。

そうしたら、もっといろんなことにドキドキしたり、ときめいたりできたのかもしれない。

キスも、それ以上も、心から好きな人とだったら、私だってきっと前向きに考えられるはずなのだ。

乗り気じゃないことに、世良くんはどうして気づいてくれないんだろう。


土曜日の昼下がり。試験が近いこともあり、私は地元の図書館に向かっていた。ついこの間利用したとき、学習室の設備がかなりよく最初から最後まで集中して勉強できたので、一年生のときにあまり利用していなかったのがもったいないと感じるくらいだった。

なんとなく興味本位で名島くんや悪そうな人たちを見かけた路地裏の喫煙所を通ると、煙草の吸い殻が数個落ちているだけで、太陽が出ているこの時間はまだ安全そうな雰囲気を保てている。

この場所で、名島くんはいつもあんなふうに集まっているんだろうか。学校ではいい子のふりをしていると言うのなら、ここではどんなふうにふるまって、どんな話をするのだろう。

私には関係のないことなのに、一昨日思いがけないカムアウトを受けてから、名島くんのことが気になってしまう。完璧だと持ち上げられる名島くんは、どんな恋をするんだろう。

そんなことを考えながら喫煙所を通り過ぎたとき。

「げ」

「え？」

「なんでいんの？　こんなとこ」

正面から歩いてきた名島くんは、明らかに嫌そうな声でそう言った。隣には私たちよりは少し年上であろう男の人がいて、その右手には電子煙草が握られている。未成年には見えないけれど、この人の影響で名島くんも煙草を吸っているのだろうか、と思ったらちょっとだけ怖くなる。微笑まれながら会釈をされたので、私も控えめに頭を下げる。その男性は、「ちょっと吸ってくる」と言って、すぐそばにあった喫煙所に向かっていった。

「ちょっと図書館に……行く途中で」

「休みの日まで真面目だね」

「……真面目って言わないで。バカにされてるみたいでムカつくから」

私の返しが意外だったのか、名島くんは一瞬だけ驚いたように見えたけれど、すぐにいつもの、何を考えているのかわからない表情に戻すと、「嫌みのつもりなかった、ごめん」と素直に謝った。私にとってもまたその返しは意外で、申し訳ない気持ちになる。

「真面目って言われるのが嫌なんだ？」

「それで線引きされるのが嫌なだけ。……昔、そういうことあったから」

真面目であることは本来よいことなはずなのに、実際は敬遠されてばかりだ。

「中学生のとき……試験期間のときは遊ぶのを控えたりとか、門限守って家に帰るようにしていただけ、なんだけど」

「ああ。まあ確かに真面目って思われちゃうよね、それ」

私は、「真面目」と括《くく》られてしまう部分が周りの子たちより少し多かったがゆえに、仲良くしていた友達は、学校では話してくれるけれど、休みの日に会ってはくれなくなった。「栞奈はどうせ誘っても来ないよ」「栞奈ってちょっと冷たいところあるよね。今日くらいいいじゃんねぇ」と、私がいないところで陰口を言われていることも本当は知っていた。知った上で、学校では知らないふりをして仲良くしていた。そうするしか私は選ぶことができなかった。

　知らず知らずのうちについてしまったマイナスな印象のすべてを弁解するほどの気力はなかった。だからもう、「真面目で冷たい人」のまま卒業したほうが楽だと思った。

　今思えば、真面目だけが原因だったのではなく、口下手で、説明を端折って「今日は帰るね」と言って断ってばかりだったから、単純にノリが悪いと思われやすかったというのもあるのだろう。

　けれどひとつ言えるのは、あたりまえだと思っていた私の行動が、周りの「普通」とは違っていたということだ。

「だから高校ではそうなりたくなくて――……」

　そこまで口にして、ハッとする。わざわざ話す内容でもなかったのに、気がゆるんで言わなくていいことまで言ってしまった。高校デビューだなんだとバカにされるかもしれない。慌てて話題を変えようとするも、先に名島くんに遮られてしまった。

「それ、周りが思う〝普通〟の押し付けだよなぁ。べつに、滝なにも悪いことしてないのに」

「……まあ、昔の話だし」

「でもそういうのって忘れたくてもずっと残るでしょ。無理して周りの普通に合わせる必要なんかないのに、昔のできごとが勝手に滝の〝普通〟を形成してる。そんなの受け入れなくていいよ」

名島くんはただ猫をかぶっているだけの人かと思っていたけれど、そういうわけでもない、のかもしれない。不覚にも彼から貰《もら》った言葉が自分の中にすとんと落ちてきて、心が軽くなったような気がした。

「……ありがとう」

「たいしたこと言ってないけどね」

お礼を言うと、名島くんはそっけなく返事をした。ここが学校だったらきっとキラキラの嘘くさい笑顔で「どういたしまして」とか言ってきそうだ。

「なんか私……学校での名島くんより今のほうが好き」

「……趣味悪いんじゃね？」

名島くんは私にそんなことを言われるとは想像していなかったからなのか、一瞬目を見開いて、それからすぐに表情を戻すと「まあべつにどうでもいいけど」とだるそうに言った。

「好きってそういう意味じゃなくて……話しやすいって意味で！」

「はいはい」

「ちょっと。適当に聞かないでよ」

学校と外とでは、名島くんはまるで別人だ。外で関わる名島くんのほうが人間味を感じるのは、やっぱり気のせいでも思い込みでもないのだろう。

「皐月が同級生と話してるのめずらしー」

ふと、煙草を吸い終えた名島くんの連れの男性が話しかけてきた。何個空いてるかもわからないくらいのピアスに、薄いブルーのカラーサングラス。服装は全身黒で統一されていて、正直怪しさは否めない。そんな気持ちが顔に出てしまっていたのか、その人は「見た目怖いよなぁ、ごめんねー」と柔らかな口調で言った。

「学校での皐月はどう？　やっぱホントにいい子やってんの？」

「え？　えっと……はい」

「うわー聞きてぇ。その話詳しく」

「ちょっとヤマさん。いいから」

親しげに話しているけれど、ヤマさんと呼ばれたこの人は名島くんといったいどういう関係なのだろう。さん付けで呼んでいるから血縁の可能性は低そうだ。ここで集うメンバーだということはおおかた予想がつくけれど、見た感じ同じ高校生には見えない。

友達、先輩、恋人――……？　ついこの間名島くんが言っていた言葉を思い出す。

『俺、ゲイなんだよね。男なのに、男を好きになんの』

もしかして、と顔をあげると、すかさず「違うから」と否定された。

まだ何も言っていないのに、考えていることはすべて見透かされているようだ。

「見境なく好きになると思うなよ」

「ご、ごめんって……」

100％私が悪いので、素直に謝る。名島くんはそんな私に向けて呆《あき》れたようにため息をつくと、「ヤマさんはチャラすぎるからあんまり好みじゃない」と聞いてもいないことを付け足していた。

「あーなに。知ってんだ、皐月のこと」

ヤマさんという人が不意に口を開く。何がと言わずとも、彼が言っていることが何を指しているかはすぐにわかった。名島くんがゲイであること。それをきっと、ヤマさんを含めあの場に集う人たちはみんな知っているのだろう。

「不本意だけどね。この人ヤマさん。俺の友達の兄ちゃんで、えーっと……一応社会人」

「一応ってなんだよ。ちゃんと社会人だよ」

「ヤマですー」とゆるい挨拶をされ、「滝です……」と同じ文字数で返す。本名は教えてもらえなかったけれど、それくらいの距離感が逆にいいように思えた。

「皐月はねえ、もっと純粋でちょっとバカなやつが好きなんだよねー」

「ちょ。勝手にバラさないでよ」

「ちなみに俺は浮気しない誠実な女の人が好きだけど」

「聞いてねーよ」

学校にいるときの彼からは想像もできないような、完璧とはかけ離れた雰囲気。けれども、私が嫌う名島くんの胡散臭さはどこにもなくて、名島くんもひとりの人間なのだと、あたりまえなはずのことを、そのとき初めて実感したのだった。

「名島くん、私そろそろ行く。勉強しなくちゃ」

「ああ、うん。引き留めてごめん。引き留めたつもりないけど」

「なんでちょっと一言多いの。名島くんってホントにそれでモテてきてるの？」

「あ、言い忘れた」

「話逸らした？」

「滝が高校デビューなの、めちゃくちゃ面白い」

「ホントに最悪。やっぱり嫌い。絶対仲良くなれない！」

「こっちから願い下げですー」

私たちの様子を見たヤマさんが「仲良いねー」と笑っている。

ちょっとだけ、この数分が楽しいと感じている自分がいた。

四．穏やかな棘

「栞奈、ここは？」

「さっきと同じ文法使えば解けるよ」

「さっきのってなんだっけ？」

「あー全然わかんない！　ここも教えて栞奈〜」

「丸投げしないで一回ちゃんと解こう？」

「だってわかんないんだもん……」

二日前に試験期間に突入してから、私は放課後が億劫《おっくう》で仕方がなかった。というのも、〝放課後みんなで集まって勉強会をする〟という流れが勝手に出来上がってしまっているからだ。

試験期間はすべての部活動が停止になるので、サッカー部の世良くんも当然休みだ。桃音とあかりも、バイトに明け暮れているけれど、さすがにこの期間はシフトを入れていないらしい。

琴花も試験期間は留学の準備より試験を優先させているようで、放課後の時間をともにするのは珍しいことだった。

放課後は教室か、学校の近くのファミレスで二、三時間勉強をする。中間試験のときも同じ流れだった。

けれど、ひとりで図書館で勉強したほうが捗る身としては、あまりにも苦痛だった。

おまけに、桃音もあかりも世良くんも、お世辞にも成績がよいとは言えないので、私は教える側に徹するばかりで自分の勉強ができないのだ。

そのくせ、ノートも教科書もちゃんと見ないまま答えを聞いてきたり、すぐにスマホをいじったり、無駄話を始めたりするものだから、時間が経つにつれ私の苛立ちは募っていた。

教えるのは構わないけれど、人の時間を貰っているという意識があればもっと真面目にやるはずなんじゃないかと思う。それは私の心が狭いから、そんなふうに考えてしまうのだろうか。

実際、前回の中間試験では、こんなに時間をとられた割に桃音たちの成績はたいして振るわなかった。

「飽きたぁ。甘いの食べたーい」

今日は教室で、机を合わせて全員が向かい合っている。まだ始めて一時間ほどだが、あかりは集中力が続かないようで、背もたれに寄りかかりながらそう言った。

「えーわかるぅ。コンビニ行く？」

「地味に遠いよね。購買は昼しかやってないしさ」

「ね。夕方こそあけてほしいー」

最近の私は、小さなことにイライラしてばかりだ。全部吐き出せたら楽なのに、私にはその矛先《ほこさき》を向ける場所がない。両親とはそれなりに話すけれど、仕事で家にいないことのほうが多く、最近は顔を合わせるタイミングすらない。

「でもマジで行くなら今じゃない？」

「足速いんだし世良行ってきてよ」

「関係ねーだろそれ。お前らだけで行けばいーじゃん」

「えー」

学校にいるのは、話が合わない友達と、好きじゃない恋人と、好きになってはいけない先生。

少なくとも、私が抱えているこの気持ちは、呑気《のんき》にコンビニに行こうとしている人たちに相談する内容じゃない。

誰にもなんにも言えない、心がひとりぼっちの私は、蓄積されていくだけの感情をコントロールするので精一杯だ。

「栞奈と琴花も行く？」

「いや……私はいいや。キリ悪いし、続きやってる」

「私も行かない」

「世良は？」

「めんどくせーから行かない」

「あっそ！　じゃああたしら、走ってコンビニ行ってくるー」

桃音とあかりが楽しそうに教室を出ていく。世良くんは「一階《した》で飲み物買ってくる」と言って、ふたりのあとを追いかけるように教室を出て行った。

「騒がしいね」

「……ね」

その結果、意図せず私は琴花とふたりになってしまった。気まずい空気が流れる。グループで仲良くしているので、基本的に私が誰かとふたりきりになることは滅多にない。

桃音たちがいるときは勝手に話し続けてくれるから、相槌を打つだけで会話が成り立っているけれど、琴花も私も自分から積極的に話すようなタイプではないので、余計に気まずかった。

「琴花……留学、いつなの？」

「八月の頭から。夏休み終わるギリギリまでいるつもり」

「そうなんだ……すごいね」

「ふ。何が？」

何か話を振らないとと、パッと思いついた留学のことを聞いてみるも、すぐに後悔した。

何が、って。嫌な言い方。

「栞奈も留学したらいいのに。成績余裕あるでしょ？」

「全然。余裕じゃないよ」

「そう？　でも先生も言ってたよ。栞奈のこと、もったいないって」

この間横原先生から貰った留学の資料は、帰ったあとすぐに鞄から出して、そのまま机の上に放置している。詳細はちゃんと読む気になれなかったけれど、先生から貰った手前、捨てることもできなかったのだ。そのうちどうでもよくなるまで、しばらくはそのままにしてしまうような気がする。

「栞奈がいてくれたら私も嬉しいんだけどなあ。留学の話共有できるの今は先生くらいだから」

「……いやいや。先生がいれば十分でしょ」

「うーん。まあこれと言って嫌なことはないんだけど。でも先生、淡々としすぎてて質問しづらいの。あんまり笑わないしちょっと気まずいんだよね」

贅沢《ぜいたく》な悩みだと思った。あまり笑わないからこそ、たまに見る笑顔が尊いのに。曖昧な相槌を返す私に、琴花が「それにね」と言葉を続ける。彼女は少し声のトーンを落として、気まずそうに言った。

「留学の準備始まってから他のクラスの子たちに陰で言われるの。先生と付き合ってるとか、私が片想いしてるとか。本人に聞こえるように言うのホントやめてほしいよね」

「あぁ……」

「だいたい、先生既婚者じゃん。こっちだって好きになる人くらい選ぶわって話なんだけどさ。現実的に考えてありえないでしょ。なのに一緒にいる時間が多いだけでとやかく言われるの嫌っていうかさ……そのせいで早く留学終わんないかなって思っちゃうもん」

いつもこういう話題になったときに食いつく桃音たちがいなくて気がゆるんでいるのか、琴花は普段よりも口数が多かった。彼女が私にこの話をするのは、私が先生に恋をしていることをあたりまえに疑わないからだ。どんな気持ちで私はこの話を聞いているかも、何気ない言葉の棘にチクチクと刺されていることも、琴花は考えない。

なんでもすぐ恋愛事にされるのは私も嫌だ。だから琴花の言っていることも、抱える苛立ちもそれなりに理解できるはずなのに、私たちはどうしてこんなにも違うんだろう。

「……羨ましいんじゃないかなぁ」

「羨ましい？」

「うん。ほら、琴花って頭もいいし、自分の意見もちゃんと言うでしょ。あと可愛いし。横原先生も人気の先生じゃん？　だからほら、全部重なっちゃって、羨ましいんだよ、みんな」

そうかなあと謙遜《けんそん》しているふりしてどうせ内心は喜んでいるくせに。羨ましい。ずるい。いつだって、琴花に対してそんな感情ばかりが募ってしまう。

「でも栞奈。生々しい話だけど、先生とキスできる？」

「……なーにそれ」

「先生を性的に見れるかどうかって話。若いし顔が良いから人気なのはわかるよ？　私も普通にかっこいいって思うし。でもさ、相手は先生じゃん」

遠くで足音が聞こえた。世良くんが戻ってきたのだろう。この話はもう終わらせなければ、と思うのに、私は琴花に問われたことを考えている。

「……でき、」

「私は無理だな。どうしてもそういうふうには思えない、倫理的にも」

私は先生とキスできる。素直にそう言えたらもっと違うだろうか？　琴花が思う「普通」が私に通じるていで話さないでほしかった。そういう無神経さが私を刺していることに気づいてほしいと思った。けれども、琴花の言うことはすべて〝倫理的には〟きっと正しくて、真実で、私は何も言えなかった。

先生のことが好きだと琴花に打ち明けたら、彼女はどんな顔をするんだろう。

「……ごめん。栞奈、もしかしてできる派だった？」

「いや。できないよ、そんなわけないじゃん」

「よかった。ここまで言っておいて栞奈がそっち側だったらちょっと気まずかったから。ダメとかじゃ、ないんだけど」

堪えるように唇を噛《か》んだ。私たちは、全然同じなんかじゃない。どこも、ひとつも、わかり合えない。

「ういーただいま」

何も知らない世良くんが戻ってきて、私は逃げるように琴花から目を逸らした。

「一階の自販機、カフェオレ売ってなかったわ」

「えーそうなんだ」

「でもどうしてもカフェインとりたくてさー。ブラックコーヒーとか買ってみちゃったんだけどマジで苦い、もう飲めないかも」

「世良くんって結構バカみたいなことするよね」

「俺は全然バカだよ？」

琴花と世良くんの会話がやけに遠く聞こえる。思いがけず琴花とあんな話をしたせいで、もう今日は愛想笑いで乗り切る自信がなかった。上手に教えることも、適当に相槌を打つこともきっとできない。

琴花のせいだ。本当だったら、私はもっとうまくやり過ごせるはずなのに。

「……ごめん。私用事思い出したから先に帰るね」

「え？　でもまだあいつら戻って来てないけど」

「うん。ごめんって謝っておいてほしい」

早口でそう告げて、私は机の上を片付ける。「教える人いなくなったら意味ないって」と世良くんが言うので、「いるじゃんそこに」と琴花に視線を送った。自分のことを最低だと思った。

「琴花のほうが成績もいいし、捗るんじゃないかな」

「え、栞奈」

それは反抗に近かったように思う。

みんながみんな、琴花のように強く生きていけるわけじゃない。自分に振られるとは当然思っていなかったようで、琴花はあきらかに戸惑っているようだった。琴花も私と同じ気持ちになればいい。どうせ、琴花は強いから、嫌なことは嫌だと言えるし、切り上げて帰ることもきっとできる。こんな幼稚な反抗なんて、大したことないだろう。

「送ろうか？」

「いや、いい。ひとりで帰る」

「けど……」

「ホントに大丈夫だから。ごめん、また明日」

世良くんの言葉を遮って、私は教室を出る。このまま帰宅したら、コンビニに行っている桃音とあかりと遭遇してしまうような気がしてとどまった。図書室に行こうかとも一瞬考えたけれど、琴花がなんらかの理由で図書室に寄る可能性も捨てきれず、やめた。頭がいい人と図書室がなんとなくイコールで繋がるのはどうしてなんだろう。

勢いで教室を出てきてしまったものの、自分がどうしたかったのかわからなくなってしまった。あの場にはもういられないと思った。琴花と話すことが怖かった。

もういっそ屋上にでも行ってみようか。

そんな考えが浮かんだのは本当にバカげていて、普段の私なら絶対にありえない選択肢だった。そもそも屋上なんて入学して一度も行ったことがないし、入れるかどうかもわからない。けれども足はもう屋上階段の方面へ向いていた。入れなかったら帰る。その前に先生に見つかったら帰る。もし、誰にも怒られなくて、鍵も開いていたら。そうしたらそのまま、少しだけひとりでぼーっとしてみよう。

——なんて思っていたはずなのに。

「……なんでこのタイミングで会うのが名島くんなの？」

「なんの話？」

「今日はもう全部ダメだ、なんにもツイてない！　最悪なんだけど！」

そこにはなぜか名島くんがいて、私は思わず本音を吐き散らかしてしまった。

遡《さかのぼ》ること数分前。運よく誰にも声をかけられることなくたどり着いた屋上の扉は、まるで無防備だった。ドアノブを回すと、ガチャ、と音がしてそのまま扉を開けることができた。少しだけドキドキしていた。初めての経験をするときの胸の高鳴りと少しの緊張が、私は嫌いじゃない。

陽が差し込んで眩しい。空がいつもより近く感じた。

こんなに清々しい場所があるならもっと早く来ていればよかった、と思いながら段差を跨《また》いで、屋上に足を踏み入れる。そしてすぐ――視界の先で寝転んでいる、見覚えのある人物の姿をとらえてしまったというわけである。


「最悪って普通に俺の台詞《せりふ》なんだけど。ここ、俺の秘密基地なのに」

「何それ。学校はみんなのものだよ。名島くんだけの場所じゃない」

「思ってないくせに偉そうに言うなよ」

名島くんが、寝転んでいた体をだるそうに起こし、私に冷ややかな目を向ける。

「マジで最悪」とひとりごとのように呟く彼には、何が光だ、と言いたくなってしまうくらい、いつもの光はなかった。

「そんな嫌そうな顔しないで。失礼だよ」

「それ滝にそのまま返すよ。先にでかい声で最悪って叫んだの誰だよって」

「だってホントにそう思ったんだもん」

「俺だってホントに嫌だと思ったから顔に出たんだけど」

「細かくてめんどくさい、名島くん」

「お前さぁ……」

呆れたようにため息をついた名島くんが、「もういいわ」と会話を諦める。

空が澄んでいた。雨続きだった最近の天気が嘘みたいだ。名島くんは崩した姿勢でコンクリートに座り空を見上げている。空が綺麗だねと言いかけて、ギリギリでとどまった。ロマンチックな意味合いなどないのに、広まってしまった認識のせいで、素直な感想すら言えない。

「空、綺麗だよね」

けれども、私の思考と被せて言われたそれに、私は顔をしかめた。私を不便にしているのは私自身だということは、十分わかっている。

空が綺麗だ。ムカつくほどに共感できる。

「名島くん、いつもここにいるの?」

「天気がいいときだけ。あと曇りの日も。風の日も」

「それってほとんど毎日じゃないの?」

「いや? 食堂でご飯食べるときと半々くらい」

『ときどき昼休みとかも消えてるときある』

『俺らん中ではふざけて、女と会ってんじゃね?って噂にしてる』

ふと、世良くんが言っていた言葉が頭をよぎった。名島くんは消えているんじゃなくて、屋上に来ていたのかもしれない。かもしれないというか、「秘密基地」と本人も言うくらいなんだから絶対にそうだ。

「ひとりになれば余計なこと考えなくて済むからね」

意味深に呟かれたその言葉がやけに印象的に聞こえたけれど、深く聞く勇気はなかった。

「……名島くんはさ、いつもここで煙草吸ってるの?」

「吸ってねーよ。勘違いしてるみたいだけど、あの日煙草吸ってた人たちはちゃんと二十歳越えてるからね。俺は吸ってない」

「ふうん」

「疑ってんだろその返事」

「まあ、ちょっと。名島くんが学校と外でキャラが違うのは本当だから」

「滝って見かけによらず性格悪いって言われない?」

「名島くんにだけは言われたくないよそれ」

そう言い返し、名島くんの隣に座る。日に当たったコンクリートは暖かくて、こんなところで横になったら寝てしまいそうだ、と思った。

性格が悪いだなんて、一度も言われたことがない。言われるほど、私は私自身を晒《さら》していないからだ。

友達といるときは、自分の意見はもたないほうが楽だから。誰かの言葉に頷いて、同意して、上手に波に乗る。だいたい、自分に置き換えたときに仮に周りに性格が悪い人がいてもわざわざ本人に「性格悪いね」とは言わないから、もしかしたら思われていた可能性はあるかもしれないけれど。

「名島くんは、どうしてあの人たちと一緒にいるの」

「……何、急に」

「気になってたから。ヤマさんとか、見た目すごい怖かった記憶あるけどさ……悪い人たちじゃないのはなんとなくわかったから。他の人たちもきっと悪い人じゃないんでしょ」

名島くんと今ここで話しているのは、まだ少し変な感じがする。いつもより素直に、思ったままに言葉が話せるのは、ここに私と名島くんしかいないからだろうか。

「うん」

短いけれど、芯のある声だった。

「あの人たちと会うのは、俺には必要な時間だから」

ふうん、と、私から零れたのは、いつものように適当な、心のこもっていないものじゃなくて、純粋に零れたものだった。

「毎日会ってるの？」

「いや？　気が向いたときだけ。多いときは結構行くけど」

「多いときって、どんなときなの」

「さっきから質問ばっか。そんなに気になる？　俺のこと」

「ウザすぎ。やっぱりもういい」

「冗談だって。なんだろ……あの人たちといると、自分が普通じゃないことを誤魔化せる気がするからさ。だから……そういうとき？」

疑問形で聞かれても、私は何も答えることができない。知らないよと言えば、そうだよねと名島くんが笑った。

「滝はさ、俺がゲイだって言ったときどう思った？」

不意に尋ねられたそれに、私は視線を名島くんに向ける。

思い出すのは先週のできごと。名島くんにカムアウトされたとき、私は動揺した。

「そんな大切なこと、私なんかが知ってしまっていいのかなって。……びっくりしたよ」

「うん」

「でも、納得もしたの。名島くん、モテるのに彼女いないの不思議だったから」

それを正直に伝えると、名島くんは「だよね」と言った。

「だよねって、どういうこと？」

「あのとき、滝にならなら知られてもいいって思った。なんとなくだけど。それで線引きするようには思えなかったし」

「……そんな直感で人のこと信用するの危ないよ」

「まあね。でも正解だったじゃん。それに、秘密の共有には対価が必要でしょ」

名島くんは、話せば話すほど不思議な人だ。嫌いなことに変わりはないのに、彼の発言は妙に信用できる。

「それに滝、自分がされて嫌なことは人にしなさそうだから」

「なーにそれ……」

「滝の高校デビューの話聞いて思った。これ、バカにしてないよ」

秘密を共有し合っている。それが、私と名島くんがここで話している理由だ。名島くんといると、話す予定のないことまでうっかり言ってしまう。中学時代の話なんて、高校で知り合った人の誰にも言ったことがなかったからこそ、あのとき自ら名島くんにその話をしたことに、自分でも驚いていた。

「いつも会ってる人たち、見た目怖いけどみんなめちゃくちゃいいやつだよ。さっきも言ったけど、煙草吸ってるのはヤマさんとかだけ。ちゃんと二十歳越えてるから、法律違反とかはしてない」

「そういう……年齢が違う友達ってどこで知り合うの？」

「いろいろ。SNSで仲良くなったりとか、友達の友達とか、そのお兄ちゃんとか。ヤマさんとかはそれだよ。同じ学校のやつはさすがにいないかな」

「へえー……。私、あんまり友達多くないから羨ましい」

「それは滝が友達になろうとしてないからじゃない？　必要としてるようには見えないけど」

「……正解。ごめん」

図星をつかれ、反射的に謝った。名島くんの前では、気を使ったり自分を取り繕ったりするほうが疲れるような気がする。

だけど、名島くんの話は、純粋に聞きたいと思う。

「あそこにいるのはほとんど〝こっち側〟の人間だから。落ち着くんだよね」

「……こっち側、って？」

「少数派《マイノリティ》ってこと。家がワケありとか、学校行ってないとか。あと、俺みたいに恋愛対象が自分と同じ性別のやつとかね。ヤマさんは、鬱《うつ》になって仕事辞めたことがあって。今は転職して落ち着いてるけど。あそこで集まってるみんな、何かしらの生きづらさみたいなのを抱えてる。俺がゲイなことも知ってるから変に隠す必要なくて楽」

「そうなんだ……」

「俺はおかしいわけじゃないんだって思えるっていうか。べつに全部、おかしいことじゃないのもわかってるんだけど。でもなんか、ひとりじゃないって思えるから」

名島くんが小さく笑う。諦めも悲しみも含まれているような笑い方に心臓が揺れた。これまでの人生で、同性愛者であるというだけで、どれほど傷ついてきたんだろうと思った。そしてこの先も、名島くんは自分の話をするときはこうやって笑うんだろうとも思った。

名島くんがカムアウトしてくれなかったら、きっとこの先も知ることのなかったことだ。

「まあでも、みんなとは学校違うし。この学校でオープンにしたところでメリットないから黙ってるんだけど。不便で仕方ないわ、いろいろ」

「名島くん、女子に人気だもんね」

「まあ顔だろうね。苦手なこともあんまないし」

「自分で言う？」

「言われすぎて謙遜する気にもなれないんだよ」

いつもの完全無欠な名島くんからは、どんどんイメージがかけ離れていく。けれど、いつも彼に対して抱いていた不信感や嫌悪感は不思議と感じなくなっていた。

「俺の外面だけで〝完全無欠〟とか言われちゃ、ホントのことなんか言えるわけがないんだよなー……」

名島くんの話を、私は真剣に聞いた。いつも世良くんや桃音たちと会話をするときのように聞き流すのではなく、彼の本当の言葉を聞き逃さないように丁寧に。

名島くんの完璧じゃない部分を知っても、彼が同性愛者でも、気持ちが悪いとは思わなかった。化け物とも思わなかった。むしろ、住む世界が違うと思っていた名島くんが、あまりにも身近な人に思えた。

「滝にいろんなことバレてばっかりだ。言わなくていいことまで言っちゃったし。なんか気抜ける」

欠伸《あくび》をしながら名島くんが言う。

「私、誰にも言わないよ」

「知ってる。滝はわざわざそんなことしなさそうだもん。噂とか広めるの下手そうだし、滝の秘密も俺が知っちゃってるし。だって高校デビューだもんね？」

「ねえ、バカにしないでってば。言わなきゃよかった」

「冗談だよ」

口では言い返しているけれど、名島くんが私にとって暗い過去の話をこうして笑ってくれることが、本当は少し嬉しかった。

「……秘密がなくても言わないから。噂なんて面白おかしくされるだけで、傷つく人のほうが多いもん」

私がたとえばすごく話し上手で、少数派の意見もきちんと言えるような性格だったとしても、今日名島くんから聞いたことを誰にも言わないだろう。

「あのさ、俺も質問していい？」

「何？」

「滝はなんでここに来たの？　俺が知ってる滝は、何か理由がないとわざわざこんなところには来ない人なんだけど」

名島くんと目が合う。純粋な質問だった。

自分のことを一から説明するのは疲れるし、説明したところで必ずしも共感が得られるわけではないことも知っている。けれど、私は本当はこういう人間なのだということをわかってもらいたいとも思ってしまう。その相手が、嫌いな人だなんておかしい。

「……なんかひとりになりたくて。私多分、あのグループにいるの合ってないの。ときどき疲れるっていうか」

私はいつもずるい。欲張りで、弱気で、自分がいちばん大切で、まるで自分には非がないような話し方をする。

「そのグループにいるのを選んだのは自分なのに？」

「名島くんにはわからないかもしれないけど、私みたいにコミュニケーションとるの下手な人間は最初に声かけてくれた人たちを拒むのってなかなかできないんだよ」

「でもさ、疲れるからひとりになりたいって思うくらいなら一緒にいないほうがマシじゃない？」

痛いところをつかれ、言葉に詰まった。こんな雰囲気で話しているときくらい味方してくれてもいいのに。心を許されたと思って話したら急に突き放され、私はすっかり弱気になってしまった。「やめてよ」と情けない声が零れる。

「……自分がいちばんわかってるんだから。わざと棘のある言い方しなくてもいいじゃん」

「ハハ。嫌いって思った？」

「っ思ったよ！ていうか私名島くんのことずっと嫌いだからね。その『ハハ』って笑い方もなんかムカつくし」

「本物の滝と話せた気がして俺は嬉しいけどね」

「何それ。キモ」

「ほら。そういうの、世良に言ってんの見たことない」

「それは……」

世良くんに自分をわかってもらいたいなんて、一度も思ったことがないからだ。世良くんと私はあまりにも違いすぎる。仮に本音をぶつけたとて、彼の思う常識や普通には当てはまらないから、わかり合うなんて不可能だ。わかり合えてたまるか、とすら思う。

「……私、世良くんのこと好きじゃないから」

初めて人に話した、本当の気持ち。

今、このタイミングだからこそ、名島くんにはきちんと言っておくべきだと思った。

「前に名島くん、私に聞いたじゃん。横原先生より世良くんのことが好き？って」

「ああ、うん。聞いたね」

「もうバレバレだろうけど、あのとき私嘘ついた。……〝より〟っていうか、比べたこともなくて」

「うん」

「名島くん、私ね」

名島くんの相槌は優しかった。聞き流すのではなく真剣に聞いてくれているのが伝わってくる。私の声は震えていた。

「先生のことが好きなの。一年生のときからずっと」

横原先生のことが好きだ。先生としてではなく、ひとりの男の人として。

けれども私は十七歳の子供で、先生は二十七歳の大人で、結婚もしている。現実的にも倫理的にも、私と先生の間には越えてはいけない一線がある。

「でも、この気持ち言っても先生を困らせるだけだし、どうにかなりたいとかも思ってないんだけど。でもね、やっぱりちょっと羨ましいの。先生新婚だし、奥さんのこと大好きだから絶対ないってわかってるのに、琴花くらい接点あったら可能性もうちょっと高かったかなとか」

「滝」

「なんで私、先生なんて好きになっちゃったんだろう。なんで普通に恋できないんだろうね。こんな気持ち、あっちゃいけないものなのに——」

「滝、聞いて」

早口で喋《しゃべ》り続ける私の言葉を名島くんが遮った。

「それだけは違うよ、絶対に」

「……でも」

「人を好きになるのは自由だから。あっちゃいけない気持ちなんかないよ」

それを聞いてハッとする。いつもの癖で卑屈なことばかり並べていたけれど、それは同時にマイノリティである名島くんのことも含めてしまうことにもなる。

すぐに謝ろうとしたけれど、それよりも先に名島くんが言葉を続けた。

「俺たち、べつに変じゃないんだよ。滝も俺も生きて、人を好きになっただけ」

泣きそうだった。私たちはただ生きているだけ。生きて、人を好きになっただけ。

それはきっととても愛しいことなのに、私はそれをいつも忘れてしまう。

「偉そうに言ったけど。実際はそうだといいのにっていう、俺の願望みたいなもんだよ」

空はまだまだ明るかった。けれど、ここに来たときよりは確かに太陽の位置が低くなっていて、長いこと話していたのだと実感した。

気持ちの整理がうまくつかないままの私は、お礼も謝罪も言えなかった。このまま話を続けたらそのうち泣いてしまいそうで、さすがに名島くんの前で泣くのはなんだか癪だったので、「私そろそろ帰る」と、誤魔化すように立ち上がった。

そんな私を名島くんが呼ぶ。

「裏門通って帰りなよ。まだ世良たちがいたら困るでしょ」

「……そうする」

「また話そう。滝の話、もっと聞きたいから」

名島くんは笑っていた。教室で何度も見ていた胡散臭い笑顔じゃなくて、それはこれまで見たことのない優しい笑い方だった。

「……気が向いたらね」

「ハハ、えらそー」

名島皐月は完全無欠の王子様――ではなくて、胡散臭くて、棘を持っていて、けれどとても優しい人。

特別なことはない。ただ、生きているだけだ。それで、きっと私も。

なんとなく空を見上げる。今この瞬間、世界に私と名島くんのふたりだけだったらよかったのに、なんてらしくないことを思った。

五．揺れる心臓

「じゃあ、くれぐれも怪我などしないように。常識の範囲内で楽しんでくださーい」

七月もあっという間に後半に投入した。学級委員の言葉とともに一学期最後のホームルームをたった今終えたので、明日からは夏休みだ。ここから一ヶ月は学校に来なくてもいいと思うと気が楽になる。

試験は無事終えることができた。無事、と言っても、実際に無事だったのは私と琴花、それからあかりがギリギリで赤点を回避したくらいで、世良くんと桃音は何かしらの補習に参加する成績となった。勉強会は今回も無駄に終わり、予想はしていたもののの、あの時間はなんだったんだとやるせない気持ちになる。

とはいえ、私がそんな気持ちになっていることなど彼女たちは知る由《よし》もない。

今日は午前中で終わりなので、お昼はみんなでファミレスに行こうという約束をしていた。ちなみに、世良くんは今日も部活があるらしく、せっかく午前で終わりなのに一緒に帰れないことをとても残念がっていた。

四人で一緒に教室を出て、通路の邪魔にならないように桃音たちのうしろを歩く。

「ねえ琴花、オーストラリアでもスマホって普通に使える？」

「使えるよー」

「写真とかさ、いっぱい見せてね！　お土産も！」

「ねえ桃音。私勉強しに行くんだよ？」

「そうだけど！　でも海外ってワクワクするじゃん？　てか留学の前にみんなで遊ぼうね。花火とか！」

「いいねぇ」

琴花が留学するまでは一週間あり、それまでの期間で、この辺りでは有名な花火大会がある。かなり大きなお祭りで、屋台も毎年たくさん出店しているので、我々十代には一大イベントとして知られているのだった。

去年はまだ世良くんと付き合っていなかったので、桃音、あかり、琴花の三人とお祭りに行った。途中、クラスメイトの男子グループと遭遇してなりゆきで一緒に回ることになったけれど、大人数が苦手な私には居心地が悪すぎて、終始早く帰りたいという感情しか残っていなかった記憶がある。

「栞奈も行くよね？　それとも世良ともう約束してる？」

「……うん、ごめん。世良くんとふたりで行く約束してる」

「だよねぇ。じゃあしゃーない、花火とはべつにまたカフェとか行こ！」

「ありがと」

去年のこともあったから、避けられるのなら今年は行くのはやめておこうと思っていたけれど、世良くんに誘われてしまい、付き合っている以上断るのはタブーな気がして了承してしまった。

花火大会までは一週間ほど時間があるけれど、今からもう億劫で仕方がない。

「いいなぁ栞奈。あたしも今年こそ彼氏と行きたかった」

「ね、わかる。しかも栞奈たちの場合、世良のほうが押せ押せだからそれも羨ましいっていうか」

ふと話題が私個人に向けられ、私は「そうかな」と短く答えた。

「そうだよぉ。栞奈ってやっぱちょっと冷めてるよね」

「え」

「あ違う違う、マイナスな意味じゃなくて！　なんていうの？　世良といるときも私たちといるときも変わらないからさ。それがすごいなって思って。嫉妬とかもあんまりしないじゃん？」

「まあ……」

「世良不安がってたよ？　栞奈マジで俺のこと好きなのかなって」

恋愛話は苦手だ。自分だけが、やっぱり彼女たちとは違うのだと思い知らされてしまう。

「花火大会、せっかくだしもう少し愛情表現してあげてもいいかもよ」

「あー……ね」

本当に好きな人は別にいて、世良くんとは体裁のために付き合っていて。だから、冷めているのは当然のことで。好きじゃないから、態度にも出てこない。愛情表現もできない。形式上は「恋人」でも、私の中ではずっと「クラスメイト」のままだ。

私だって、先生といるときは彼の言葉に一喜一憂したり、嫉妬したりすることがある——なんて、口が裂けても言えない。

「……積極的にとか苦手で。でも頑張ってみるよ」

「うんうん。世良、栞奈のこと大好きだから正直何しても喜ぶと思う」

「はは……」

「今言ったこと、世良には内緒ね。栞奈には言うなって言われてるから」

口止めされているなら、私には言わないままでいてほしかった。こんなふうにすぐに話が本人まで回っていくことを知っているからこそ、この先も私が彼女たちに自分の気持ちを打ち明けることもないだろうと思った。

「世良、ほんとに栞奈のこと大好きみたい」

そんな情報いらない。知らない。

好きじゃない人からの好意は、こんなにも鬱陶しい。

「滝、ちょっと待って」

階段を下りようとしたところで、うしろから声をかけられる。振り向くと名島くんがいて、私は内心動揺した。

名島くんとは、屋上で話してから何度か同じ場所で顔を合わせるようになっていた。放課後や昼休みに、桃音や世良くんの誘いをやんわり断って屋上に向かう。数分でもあの場所で深呼吸をすると落ち着くのだ。名島くんがいることがほとんどだけど、いないときももちろんあった。私が先に着いたときは、「暇なの?」と冗談ぽく悪態をつかれたり、名島くんが先約のときは「俺の秘密基地だって言わなかったっけ?」とこれまた悪態をつかれたりしている。たわいのない会話をするときもあれば、お互い無言で景色を眺めたりするときもあった。まともに話すようになったのはたった三週間前なのに、名島くんとふたりでいるときは、まるでずっと昔から知り合いであるかのような安心感がある。

「名島くん……どうしたの」

動揺したのは、〝表向き〟の名島くんに挨拶以外で話しかけられたからだと思う。すっかり素の名島くんに慣れてしまったから、だと思う。今までどんなふうに接していたのか、一瞬わからなくなってしまった。

「急遽委員会あるっぽいんだけど、滝もう帰るとこだよね?」

「え? あれ、今日は……」

「用事あるなら、最悪俺ひとりでもいいんだけど。一応声だけはかけておこうかなと思って」

名島くんは今日も完璧を演じている。表向きの笑顔、平等な優しさ、気遣い。それが作られた名島皐月であることを誰も疑わない。

名島くんは本当はそんな人じゃない。けれどそれを、ここでは私以外誰も知らない。

「栞奈。名島くんに任せちゃえば？」

桃音が言う。今日はみんなでファミレスに行く約束だよ？という、含みのある言い方だった。

「……ううん。申し訳ないから私も行く。ごめんみんな、私今日パスで」

「えー、栞奈ぁ」

「ごめんね。夏休みまた誘ってくれると嬉しい」

「わかったよー……」

納得はいっていないようだったけれど、桃音たちは渋々頷いてくれた。

手を振って彼女たちのうしろ姿を見送り、私は名島くんに続いて来た道を戻る。まだ周りには下校する生徒たちがたくさんいて、名島くんは何人もの人たちと挨拶を交わしていた。

「友達多いね」

「友達じゃなくても挨拶されたら返すでしょ」

「友達じゃないの」

「さあ？　その定義は人によるから」

周りには聞かれないようにボリュームを落として話す。にこにこしているくせに、言っていることはとても冷たかった。

名島くんと話すときはいつも、言葉に少しの棘を感じる。あくまでも挨拶を交わすだけの仲であって全員が全員友達なわけじゃない、ということなのかもしれない。

私も名島くんみたいに全員とフラットに話せていたら、友達と言わざるを得ないグループで、毎日モヤモヤすることもなかったのだろうか。

「名島くんさ……」

「あ、横原先生だ」

不意に出された名前に、新しい話題を振ろうとしていた私の言葉は不自然に途切れた。視界の先で横原先生の姿をとらえてすぐ、はっとして名島くんに目を向ける。彼の表情は変わらないままなのにニヤニヤしているようにも見えてムカついた。

「その顔やめて」

「どの顔」

「その顔だってば。ムカつく」

名島くんに睨みを利かせ、教材を抱えながら歩いてきた横原先生に会釈をする。

「珍しいふたりですね」

私と名島くんを交互に見ながら先生が言う。

「最近結構喋るんですよね」

「いいですね。友達が多いと見える世界はまた違うものになるでしょうから」

名島くんがいる手前、先生と話すのは緊張してしまって、私は名島くんの横でふたりの会話に適当に相槌を打つ。思い返せば、誰かと一緒にいるときに先生と話すことは今までなかったような気がする。名島くんが私の気持ちを知っているからこそ、こんなに恥ずかしいのだろうか？　こんな気持ちは初めてだ。顔が熱かった。

「では。充実した夏休みにしてくださいね」

小さく頭を下げ、先生は行ってしまった。再び歩き始めた名島くんに慌ててついていく。

「なんか……わかんないけど、緊張した」

「思った。滝ってやっぱり人の目が気になっちゃうのかなって」

「そう……なのかな。しかも名島くん、私の気持ち知ってるから余計になんか気になっちゃって。『滝ってこういう人が好きなのかー』とか思われてたらどうしようって」

「ハハ。まあ気持ちはわかるけど、俺は思わなかったから大丈夫だよ」

休み入る前に話せてよかったじゃん、と雑に付け加えられたので、なんだか悔しくて「ハイ嬉しいですけど」とわざと敬語で返事をした。

そんなことを話しているうちに見覚えのある階段にたどり着き、私の頭の中はハテナでいっぱいだった。名島くんが当然のように階段を上り、ドアに手をかける。

「え、ていうか委員会は？」

「ないよ」

「は？」

ギギギ……と錆《さび》が擦れる音がして、開いたドアから夏の空気が逃げ出した。

「助けたつもりだったんだけど。余計だった？　いろいろ聞こえたから、なんか可哀想になって」

全部見透かされていて恥ずかしくなった。どこから会話を聞かれていたのだろう。教室を出てからずっと聞かれていたのだとしたら、よっぽど桃音たちの声が大きいか、名島くんの耳がよすぎるかの二択だ。何にせよ、あれをすべて聞かれていたのだと思うと、嘘のひとつもつけなくて言葉に詰まってしまう。

何も言えないまま、私は名島くんに続いて屋上に出た。フェンス越しに、正門から帰っていく桃音たちらしき姿が見えた。同じ視界に、グラウンドで練習をしているサッカー部が映る。ひとつのボールを追いかけるあの群れの中には、きっと世良くんもいるはずだ。

「あ、世良見っけ」

「え……どこ？」

「ほらあの右側の、あそこ。見えない？　ゴールのちょっと手前くらいのとこ」

「見えないや……」

大勢の中にいる世良くんを、私はいつも見つけることができない。

特別じゃないから、なのだと思う。例えばあの場に横原先生がいたとしたら、きっと私の目には先生だけが一際キラキラして見えてしまう自信がある。

私の高校生活は、特別じゃない人と過ごす時間ばかりだ。けれどもたいていの場合、その状況を作ったのは自分だ。だから、誰かのせいにもできない。

ずっとこのままなのだろうか。

私は残りの日々もずっと同じことを繰り返してしまうのだろうか？

「帰り、また裏門から出ないとだね。もしバレたら責められるの滝になるから」

「ちょっと。そこは名島くんが弁明してよ」

「無理。人ってマジで怒ってる時話聞かないから」

「それはそうだけど……」

なんだか悪いことをしている気分だ。乗り気じゃなかった約束を蹴って、屋上で話す。きっと客観的に見たら大きなことではないけれど、私にとっては、悪いことでもたしかに救いだった。

「さっき、聞こえたよ。世良が滝のこと大好きって話。うらやましー」

「やめてよ。嬉しくないからそれ」

睨みつけると、名島くんは笑いながら目を逸らした。

「そんなに嫌なら別れればいいのに」

「残りの高校生活気まずくなるだけなら今じゃないほうがいい気がして」

「要は保身ってことね」

名島くんは、私とは正反対だ。理屈に振り回されてばかりの私に、現実だけを突きつける。

「……世良くんと別れたって先生は私のものにはなってくれないし」

「世良と付き合ってたって先生は滝のものにはならないじゃん」

「わかってるよ。正論ばっかり言わないでってば」

けれど、名島くんといるときはずるくて最低な自分を隠さなくていい。正論ばかりで腹が立つことのほうが圧倒的に多いけれど、どんなに情けなくても、正直な気持ちを言葉を選ばずに対等に話せる気がするのだ。

「滝の気持ちがなくても、世良は滝のこと好きなわけじゃん。好きな人の気持ちが最初から自分に向いてなかったってあとから知るの、フツーにきついよ。俺から見ても可哀想だし」

「でも、じゃあどうしたらいいの？」

「そんなの自分で考えなよ。好意もらってるくせにずるいって言ってんの」

名島くんは呆れた顔で投げ捨てるようにそう言うと、再び視線をグラウンドに戻した。どことなく切なげな表情に、ふとひとつの疑問が浮かぶ。

「……ねえ。名島くんってもしかして世良くんのことが好きだったりする？」

この三週間名島くんと話していて知ったことがある。名島くんには、この学校に好きな人がいる、ということだ。私の好きな人は知っているんだから教えてくれてもいいじゃん、と言っても「滝隠すの下手そうだからやだ」の一点張りで頑《かたく》なに教えてくれなかった。

『好きじゃないなら俺にちょうだいよ——世良のこと』

もし、あの日言っていたことが冗談ではなくて、本当に名島くんの好きな人が世良くんだったとしたら。私がうまく隠せないと言われるのにも頷ける。

「……さあ？」

「ごめん、何言われても肯定に聞こえちゃうかも……」

世良から好意もらってるくせにずるい。たしかに世良くんは女子から人気があって、彼と付き合っていることを羨ましがられることはこれまでも何度かあった。その中に嫉妬が含まれていることも知っていたからこそ、名島くんから同じ言葉を言われるとは思わず、デリカシーのない発言をしてしまった。

仮にも彼女という立ち位置にいる私がこんなことを聞くのはどうなのかと思いながら、名島くんだって、私に横原先生のことを言葉を選ばず聞いてきたことがあるから、これでお互い様だと落ち着かせる。

「もし俺が本当に世良のこと好きって言ったら、滝は世良と別れるの？」

もし名島くんが本当に世良くんのことが好きなら、私は彼と別れることにする。あたりまえだ。名島くんが想いを寄せる人と惰性で付き合うほど、私は残酷な人間じゃない。

「それは」

「都合よく別れられていいね、それ」

けれど、名島くんにまた正論のカウンターをくらってしまった。それはそうでしょ、と言いかけた私の言葉は音になりきらないまま消えていく。

「都合よくとか……」

「そうでしょ。俺が世良のこと好きだったら別れて、好きじゃなかったらまた曖昧にするんだろ」

「名島くん、私にばっかりいつもそういう言い方する。みんなには優しいのに」

「じゃあ逆に、優しくされたいの？」

「そうじゃなくてさぁ……！」

思わず声を荒らげる。味方なのか敵なのかわからなかった。桃音たちとの会話の空気感に耐えているところに機転を利かせてくれたと思ったら、こんなふうに正論ばかりで冷たく突き放す。

「人の意見に左右されるんじゃ変わんないし、ただ傷つく人が出てくるだけだよ。滝だって無条件に誰かを傷つけたいわけじゃないでしょ」

「そうだけど……でも、」

「誰かに言われたから、じゃなくてさ。滝の意思で決めてみたら？」

名島くんが言う。グラウンドではサッカー部が練習に励んでいる。見覚えのある人物の姿をようやくとらえ、あ、と心の中で声が零れた。ちょうど今ゴールを決めた男子生徒。流れるように視線を隣に向けると、名島くんはその様子を見て小さく微笑んでいた。

「……今の世良くんだった」

「うん」

見たことのない優しい表情に、私は咄嗟《とっさ》に目を逸らす。彼のことが好きなのだと、その瞬間に確信した。目は口ほどに物を言うというのは本当なのだと実感したのだ。

「サッカーうまいんだね。……私、あんまり知らなかった」

「ずっとうまいよ、世良は」

そんなことずっと前から知っている。そう言われているような気がした。

「名島くん」

「なに？」

「……私、どうしたらいい？」

恋人のことが好きじゃない。けれど、私の恋人のことを好きな人が、今目の前にいる。彼は男で、同性愛者だ。こんな三角関係があってたまるかと思った。情報が処理しきれず、頭が割れそうだった。どうしたらいいのかわからない。そんな私に、名島くんは呆れたように笑いかける。

「だからそれを自分で考えるんでしょ。話聞いてた？」

名島くんと私は、果たして〝友達〟なのだろうか？少なくとも、私が思い描く友達の定義には当てはまらない。私と名島くんの関係は、なんと呼ぶのが正しいのだろう。

『滝のこと、好きになった』

今からちょうど半年前――高校一年生の冬のこと。

『え？』

『今好きな人いないならお試しでもいいから俺と付き合ってみてほしいんだけど……えっと……、どう、ですか！』

『どうって……』

『だから、えーっと……俺のこと！　……恋愛的にどう思ってる？』

世良くんは一年生の頃から、明るくて気さくで、ちょっとお調子者なところもあるけれど、それも彼の長所として成り立っているような人だった。名島くんとはタイプの違う人気者。

クラスは世良くんを筆頭に全員仲がよかったので、男女問わず一緒に帰ったり、休日に遊んだり、いわゆる青春に値するようなイベントごとがたくさん行われていた。入学してすぐ、私は桃音たちと行動するようになっていたので、彼女たちに合わせていたら世良くんやその友達との交流は必然と増えていった。

けれどまさか、世良くんの好意が自分に向けられるようになるなんて想像できなかった。

いつから好きになってくれたのか、私のどこがよかったのか、すべてが疑問で、信じられなかった。

『ごめん……考えたことなかった』

『っじゃあ！　これから考えてほしい。俺もう、滝のことはただの友達には思えないから』

『え、え……っと』

『返事、今日はいらない！　じゃ、また明日！』

告白は一旦保留になった。保留というか、答える時間をもらえなかった。

すでに私の中で答えは半分以上決まっていた。世良くんの彼女なんて私には荷が重すぎるし、何より私が好きなのは横原先生であって、どんなにアピールされても世良くんに揺らがないことは確信していた。

明日にでも返事をしよう。待たせても変に期待させるだけだと、当時の私にはまだ、〝好きじゃない人〟に対する誠実さもきちんとあった。

『栞奈、世良に告られたってマジ!?』

けれど翌日、登校した私にかけられた言葉はそれだった。おはようすら言う隙がなかった。

『桃音声でかいって！　みんなに聞こえちゃうから！』

普段から決して小さくはない桃音の声量は通常の二倍くらいになっていて、さすがに大きいと思ったのか、隣にいたあかりがすかさず注意する。とは言え、一度発してしまった言葉は、人に聞かれたらなかったことにはもうできない。そのときすでにクラスメイトの半数は登校していて、教室にいる全員から視線を浴びているような気になった。ごめんごめんと誠意のない謝罪を聞き流しながら、私は席につく。

『……世良くんから聞いたの？』

『そうそう！　昨日バイト帰りに偶然会ってさー。で、まだ返事してないんでしょ？早くしてあげなよぉ、世良めっちゃそわそわしてたから』

返事を勝手に保留にしたのは世良くんのほうなのに、こんなふうに周りに先に報告するのはずるい、と思った。こんな形で広まったら、どっちを選んでも厄介な展開になってしまう。

『世良、いい男だと思う。うるさいけど多分めっちゃ一途っぽいし。イケメンだし』

『え……いや、私まだ付き合うとは言ってないし……、想像できないっていうか』

『栞奈真面目だもんね。でも付き合ってから好きになるのなんてあるあるだから大丈夫だって！』

返事はまだしていないはずで、私はまだ詳細を誰にも教えていないのに、私と世良くんが付き合う前提で話が進んでいることに、私は戸惑いを隠せなかった。けれどそんな私のことはおかまいなしに、桃音とあかりは言葉を続ける。

『相手世良だよ？　振るのもったいなくない？』

普段からふたりの恋バナはよく耳にしているけれど、気持ちが大事だとか顔だけじゃないとか、そんなことを言っている人たちとは到底思えなかった。

『ま、最後に決めるのは栞奈だから口出しするつもりはないんだけど。世良おすすめだよって話！』

『友達としておすすめできるよね。ほら、顔がいいのに完璧すぎないところがポイント高い。名島くんくらいまで行くと完璧すぎちゃうし』

相手が世良くんだから。顔がいいから。人気者だから。

ただそれだけの理由で、私が世良くんの告白を蹴ることはありえないとされている。

『あ、世良来た』

あかりの声につられ視線を動かす。たった今登校してきた世良くんは、私を見るや否や視線を逸らした。それは気まずいというよりは、照れくさいというほうが当てはまるような表情だった。この場にいる人間のうち、自分だけが異なる感情を持っていることを嫌でも実感してしまうような空気に息苦しさを覚える。

もしこの状況下で、私が世良くんを振ったらどうなるんだろう。きっと桃音とあかりからはブーイングを受け、世良くんのことを本気で好きな人たちからは陰口を叩かれるんだろう。世良くんとは目が合うこともなくなるかもしれない。

それでいいとは思えなかった。今でさえ苦痛な学校生活を、残り二年間さらに居心地悪くする勇気を、私は持ち合わせていなかった。

『滝ごめん。……こんなに広まると思ってなくて』

その日の放課後、昇降口で私を待っていたという世良くんから謝罪を受けた。流れるままともに帰路につく。

『遅かれ早かれだったと思うから』

『ごめん本当。返事もその……俺待てるからゆっくり考えて——』

『ううん。もう決めたからいいよ』

『え』

『……これからよろしくね』

私は弱い。いつも保身ばかり考えている。日々がつまらないことを周りのせいにして、仕方ないと諦める。多分もうずっとこのままなんだろうと、そのときたしかに感じたのだった。どうせこのままなら、もうどうでもよかった。誠意も罪悪感もそのときに全部捨ててしまった。

私の言葉に世良くんがなんて言ったのかは覚えていない。けれど、その日を境に私と世良くんが恋人同士になったことだけは明確だった。

「栞奈、聞いてる？」

ぼんやりと昔の記憶を思い出していたところで、突然世良くんが視界を覗き込んできて、私は反射的に上半身を引いた。

付き合い始めてから、世良くんは私をしたの名前で呼ぶようになった。なったというか、意図的に変えたのだと思う。きっとそのほうが恋人っぽいからだ。

「……ごめん、聞いてなかった」

「栞奈いっつもそれだよなぁ。意識飛んでるっていうか」

「ごめん。なんの話だった？」

「いいよべつに。二回するような内容でもないし」

「そっか、ごめん」

「うん。ね、それより何から行く？」

そう言って世良くんが私の手を取った。

今日は花火大会だ。浴衣は動きづらいので私服にしようと思っていたが、花火大会の話題になったとき、桃音たちに「浴衣一択だよ」と言われ、仕方なく浴衣を引っ張り出してきた。慣れない下駄が、少し痛い。

「俺は焼きそばとかき氷は外せないかなー。あと射的もやりたい」

「いいよ。それ行こう」

手を繋いで歩くことには、この半年でだいぶ耐性がついた。恋人である以上、それは避けられないことだからだ。経験がなく慣れていないから、ということで世良くんにはいろんなことをスローペースにしてもらっているけれど、世良くんが次の段階に進みたがっていることにはなんとなく気づいていた。

いつか限界がくる。わかっていても、この状況を自らどうにかしようとするほどの気力がない。

「栞奈と来れて嬉しい」

「……うん」

恥ずかしそうに世良くんが呟いた。世良くんと付き合うことを選んだのは自分なのに、世良くんと時間をともにすればするほど、私と世良くんの間にある大きな違いを感じて鬱陶しくなる。

『もし俺が本当に世良のこと好きって言ったら、滝は世良と別れるの？』

ふと、夏休みに入る前に名島くんに言われた言葉が頭をよぎる。彼の好きな人が世良くんであることについては、あのときの名島くんの表情がすべてを物語っていた。

あれから名島くんとは話していない。連絡先を交換していないから、休みの間に会うこともないだろう。けれど、少なくとも世良くんより名島くんを優先させたい気持ちがあるのは確かだった。

「花火綺麗だったなー」

「うん」

「あ。屋台閉めてるとこもある。最後に何か食べたいものあった？」

「ううん。私もう大丈夫」

「そっか」

一時間弱上がり続けた花火を見たあとは、人混みに流されるまま会場を出た。数分歩いて、ようやく人混みを抜けると、途端に解放された空気に包まれる。

「歩ける？　足平気？」

「うん」

世良くんとは乗る電車が異なるので、駅までたどり着けばひとりになれる。下駄のせいで足が痛むけれど、歩けないほどではなかったのでなんとか家までは耐えられそうだ。

繋がれていた手を離し、スマホで電車の時間を調べる。私の家は明確に門限があるわけではないけれど、極端に遅い時間に帰るような用事に直面したことがなかったので、家を出るときに母には「遅くても二十二時には帰ると思う」と伝えていた。今の時刻は二十時過ぎ。スムーズに電車に乗れたら、二十一時前には家につけそうだ。

「世良くん電車の時間何時だった？　私は二十時四分発の電車で帰ろうかな」

「……うんー」

「世良く……」

煮え切らない返事をする世良くんが不思議で顔を上げると、今にも唇が触れそうな距離に世良くんの顔があった。私は驚いて咄嗟に顔を背ける。

穏やかだった空気が変わった、ような気がした。

「ごめん今のは、……びっくりしただけで」

「栞奈ってさ、俺のこと好き？」

「え……」

世良くんの瞳が一瞬揺れたように見えたのが、気のせいであってほしかった。

——俺のこと好き？

本人にそう問われたのは、これが初めてだった。

「俺ら付き合ってもう半年以上経つし……俺もっと栞奈のこと知りたいよ。これでも俺なりに結構頑張ってきたと思うんだけどさ」

「それは」

「栞奈と俺は違う気がする。なんか……多分、俺ばっかり好きなのかなって」

世良くんの中に潜んでいる欲が垣間見《かいまみ》えて、途端に不快感に襲われた。人通りが比較的少ない帰路だったとはいえ人が完全にいないわけではなかったので、人前でキスをしようとしてきたことも受け入れがたかった。恋愛的に好きじゃないと、こういうところで弊害が出る。

「最近なんか、名島と仲良い気もするし」

「え?」

「委員会なのわかってるんだけど。なんか……なんていうんだろ、気になるっていうか。前より話してる回数増えた気がするって言うか……気のせいかもなんだけど」

後半は言葉がはっきりしなくてよく聞き取れなかったけれど、名島くんと話す機会が増えたことは否定できなかった。名島くんと屋上で話すようになってから、これまでより教室でも話すようになった。それは最低限の挨拶だったり、会話と呼ぶには短い話ばかりだったので気に留めていなかったけれど、世良くんからしてみれば、多少なりとも違和感があったのかもしれない。

「私……」

「ごめんやっぱ今のなし。キモかったよな! ごめんなびっくりさせて」

「え、いや……うん」

返答に迷っているうちに世良くんが会話を強制的に終了させた。私が本当の気持ちを言うのを恐れているような間の詰め方だった。

再び距離を取り歩き出す。それから駅に着くまでは、世良くんのなんでもない話をひたすら聞いていた。気まずい空気を誤魔化すように喋り続ける彼の話の内容は、ほとんど思い出せなかった。

「今日ありがと」

駅に着き、私は逃げるように手を離した。

「栞奈」

「うん？」

「俺、ホントに栞奈のこと好きだから。焦らすつもりはないけど……わかっててほしい」

──名島くんだったら、世良くんにこんなことを言われたら嬉しいのだろうか？

「じゃあ、また連絡する」

「うん」

手を振り、世良くんは去っていく。私はその背中を見送りきらないまま足早に改札を通った。

付き合ってからの半年は、世良くんなりに私を大切にしてくれたこと。好きだからこそ、その次に進みたいと思っていること。私にとっては全部、泣きたくなるくらい鬱陶しい。私は何も返せず、無なままなのに、そんな私に気づかずぐいぐい距離を詰めてくる世良くんに違和感さえ抱いてしまう。

名島くんは、どうして世良くんのことが好きなんだろう。いつ、何がきっかけで世良くんのことが恋愛的に好きだと自覚したんだろう。

半年間、世良くんの彼女として一緒にいたけれど、私は一度も、彼を好きだと思ったことがない。

〝付き合ってから好きになる〟ことはなかった。〝完璧すぎないところがポイント高い〟と実感することもなかった。

世良くんから向けられる好意を嬉しいとは思えず、鬱陶しいと思ってしまう自分のことが嫌いだ。けれどもう、初めて先生を見たときのような、心臓ごと掴《つか》まれるあの感覚は、きっとこの先も世良くんに対して抱くことはないのだろうと、なぜか私は確信していた。

あれこれ考えているうちに、いつのまにか最寄駅に着いていた。下駄のせいで靴擦れを起こしている足が痛い。早く家に帰りたいのに浴衣だから早く歩くこともできず、ずるずると足を引きずりながら大通りを歩く。

ひと通りの少ない裏路地とは違い、大通りはやはり人が多かった。すれ違うのは楽しそうに談笑する女子グループだったり、仕事帰りのくたびれた大人だったり、幸せそうに手を繋いで歩くカップルだったりと様々で、私は顔を上げて歩くことができなかった。

自分がとても愚かな人間に思えて仕方がない。どうしようもない、どうにもなれない。

「滝？」

聞こえた声にハッとする。その声に呼ばれるのは、もう何度目だろうか。

「名島くん……」

「こんな時間に何してんの……ってあれか。今日花火大会か」

偶然か否か、ひとりでいたいときに限って出会うのは、いつも名島くんだ。

「世良と行ったんでしょ？　いいね」

「……よくないよ」

「何。なんかあった？」

流れるように聞かれ、私は一瞬言葉に詰まった。今日のことを名島くんに言うのは最低すぎる。世良くんに好意を寄せているらしい彼の前では、何を話しても傷つけてしまうかもしれない。そう思うと同時に、話を聞いてほしいとも思う。本音で話せる場所が、私にはここしかないからだ。

「今更俺の前で呑み込む必要があること？　別に今更、滝と世良のことで傷ついたりしないよ俺。滝と違って嫉妬しないタイプだから」

「ちょっと……」

「で、何？　てかここ通る人の邪魔になるからちょっと避けよ」

いつも冷たい態度ばかりのくせに、こういうときは優しくしてくれる。周りへの気遣いも忘れない。薄々気づいていたけれど、名島くんは私が思うよりずっと優しい人なのだと思う。

誰かに相談しなくても今まで平気だったのに、名島くんとうっかり秘密を共有してしまったせいで、ひとりでは何もできなくなってしまった。名島くんの気遣いに首を横に振り、私は口を開く。

「……私やっぱり無理だった。好きって言われても嬉しいって思えないし、俺のこと好き？って聞かれて、すぐに答えられなかった。もう世良くんの気持ち受け取れない……、全部これが先生だったらって置き換えちゃって苦しくなるの。私が選んだことなのに、上手にできない」

「うん」

「私……世良くんとキスできなかった」

世良くんのことを拒んだ。こんなにはっきりと彼のことを拒絶することはこれまでなかったからこそ、自分でも信じられなかった。

世良くんのことが好きな人の前でこんな話をする私は、なんて身勝手なんだろう。気まずさを埋めるように彼が話し続けていたことも、好きかどうか聞いてしまうくらい不安にさせていることも、全部私の曖昧さが原因だと嫌でも自覚する。

きっともうこれ以上は、このままではいられない。私が普通でいるために選んだことがどんどん崩れていく。

「俺が世良だったら泣き出してるところだったなそれ」

名島くんが笑いながら言う。

「まあ、好きな人に拒絶されるって結構傷つくことだからね。結構っていうかかなり」

「わかって……」

「わかってないよ。周りの目ばっかり気にして、自分のことしか考えずに世良と付き合ってる滝にはわかるはずがない」

私も名島くんみたいにはっきりと、自分の意見を言えるような人間だったら。そうしたら、世良くんの時間を奪うこともきっとなかった。

どうしたらいい？じゃない。どうするべきか、なんて本当は最初からわかっている。

「うわ、皐月が女の子泣かせてる」

名島くんの言うことがあまりに正論で、ただ涙を流すことしかできずにいると、ふとそんな声が聞こえた。流れるように視線を移すと、そこには微かに見覚えのある男女が三人いて、私と名島くんを交互に見ては「ホントだ」「学校の子かな?」「わ、下駄痛そう!」などと呟いている。

同世代であろう、金髪の男の子と大人しそうな女の子。それから、見た感じ成人しているであろう黒髪の女の人がひとり。その女性からは、目元がはっきり見えるメイクと尖ったネイルの影響なのか、ちょっとだけ怖い印象を受けた。

「友達?」

「友達っていうか、本当の俺を知ってる人」

「そんな大事な子泣かせたの?」

「勝手に泣いたの」

「何それ、ヤな感じ。ねえ?」

不意に同意を求められ咄嗟に頷くと、名島くんに「は?」と半ギレで鋭い視線を送られたので気づかないふりをした。

「あなたのこと、ちょっとだけ皐月から聞いたことある。栞奈ちゃんでしょ?」

「え?」

「あ、ごめんね、名前言ってなかったね。あたし鈴《すず》。こんなんでも一応大人だから安心してよ」

それから鈴さんは、ついでのように一緒にいたふたりの名前も教えてくれた。金髪の男の子が幸人《ゆきと》で、隣にいる女の子は叶乃子《かのこ》というらしい。「ヤマ」と聞いて、それがついこの間顔を合わせたヤマさんのことであると気づいた。ということは、鈴さんも名島くんの大切な場所になっている人なのだろう。

「コンビニ行こうとしてただけなんだけどね。皐月が急に歩くの速くなったから何かと思ってさー、付いていったら栞奈ちゃんがいてびっくりしちゃった」

名島くんがここにいたのはそういう理由らしい。なんとなく、みんなの時間を奪ってしまったような気がして、申し訳なくなり「すみません」と言うと、鈴さんは「え？　いやいや全然、何が？」と笑った。

「足痛そう。そこのベンチ座りな？」

「あ、ありがとうございます……」

すぐ近くのロータリーにあったベンチ。促されるまま腰を下ろすと、足への負担が少しだけ軽減された気がした。

「で、何。なんで皐月は栞奈ちゃんのこと泣かせてるの？」

「べつに。こいつが全然彼氏のこと好きじゃないくせに別れないから贅沢だろって言っただけ」

「あーそれは皐月の言い方が悪いね」

「なんでだよ。おかしいだろ」

名島くんが鈴さんの言葉に噛みつく。「うーそ、冗談だってぇ」と鈴さんはけらけら笑っていて、私が学校にいるときの名島くんからは想像もできないやりとりに唖然《あぜん》としてしまった。

「ね。皐月さ、コンビニ行くついでに絆創膏《ばんそうこう》買ってきてくんない？」

「いいけど……」

「幸人たちも連れてって。あいつうるせぇから」

「わかった」

「あたしと栞奈ちゃんここで待ってるから」

名島くんは素直に鈴さんの言葉に頷くと、スマホをいじっていた幸人くんを連れてコンビニへと向かった。友達同士にも見えるけれど、今のやりとりを見たあとだからか兄弟にも見える。情報が増えるとやっぱり見え方って変わるんだろうか、と考えながら名島くんたちの後ろ姿を見送っていると、鈴さんが「ねえ」と開口した。

「あの子たち、付き合ってると思う？」

「え？」

鈴さんが視線を送ったのは、浴衣の女の子と、私服の男の子だった。多分高校生同士のカップルだ。手を繋いで歩いている。

「付き合ってるんじゃないですか。手繋いでるし、幸せそう」

突然の質問に戸惑いながらも、思ったことを口にする。

「あっちの男女は？」

「友達同士っぽいけど……どうだろう。あれって多分、うしろのふたりも同じグループっぽいから……」

「確かに。ねえ、じゃああの子たちは？　ほら、女の子同士だけど手繋いでる」

「友達……だと、思うけど。女の子同士って結構距離近いこと、多い気がします」

「そう見せることもできちゃうもんね、女の子は。それでいうと男の子同士は多分、ちょっと苦労が多そうだよね」

鈴さんのその言葉に、彼女が何を話したいのか本質が見えた気がした。

「ヤマが顔広くてあたしらも知り合ったんだけどさ、皐月がゲイなこと、最初に聞いたときホントにびっくりした。こんなにイケメンで完璧な人なのに？って」

「……私も思ったことあります」

「ね。でも話せば話すほど皐月ってただのクソガキなんだよね。最初は結構猫かぶってたから打ち解けるの大変だったんだけど。でも、話さなかったら一生知らないままだった。皐月がホントはひねくれてるところとか、わざと棘のある言い方する性悪なとことか、そんなの見た目だけじゃわかんないもん。男の子を好きになることも、見た目だけじゃきっと誰も考えない」

男女でいるから恋愛関係。手を繋いでいるから好き同士。同性でいるからただの友達。目で見た情報だけで判断するには早いのに、私も含め、人はそれをあたりまえに決めつける。

自分がされたら嫌なのに、無意識で周りの人間を自分の都合のいいように解釈してしまう。

「もちろん、全員とわかり合うのって絶対無理だと思うんだ。世の中偏見ってなくならないしさ。あたしも家が結構複雑でわかってもらえないこと多いし、ヤマだってあの見た目だけど普段スーツで仕事行ってるからね。ギャップえぐいでしょ」

あの大量のピアスを隠して、カラーサングラスも外して、スーツを着て仕事をするヤマさんを想像したらあまりにも別人で、「えぐいです……」と思わず本音が零れた。

「栞奈ちゃんが好きじゃない彼氏と付き合ってること、べつに否定しようとは思わないよ。でもやっぱり『話をする』ってすごく大事なことなのかなって」

「そう……ですよね」

「たとえわかり合えなくたって、話してみたら見え方が変わってくることもあるからさ」

話をすること。わかり合うためではなく、目に見える情報だけで判断しないために、もっと話をしなくてはならない。

あたりまえのことなのに、忘れてしまっていた。

「あ。皐月たち戻ってきた」

タイミングよく名島くんたちが帰って来て、買ったばかりの絆創膏をもらった。擦れていた部分に貼り付けると、それだけで痛みが引いていくような気がした。

「その足で帰れる？」

「帰れます。大丈夫です」

「強いね。あたしそういう子大好き」

鈴さんが笑う。

「いつでも話しにおいでよ。皐月と一緒でも、そうじゃなくてもいいから」

「ありがとうございます。いろいろ、なんかスッキリしました」

小さくお礼を言うと、「いやいや全然、何が？」とさっきと同じ返事がきて私もつられて笑ってしまった。

「名島くん！」

去ろうとする名島くんの名前を呼ぶ。思っていたより大きな声だったからか、名島くんが驚いて一瞬肩を揺らしていた。

「私、決めた。世良くんと今度こそちゃんと話すって……決めたから！」

今日、名島くんに弱音を吐いて、鈴さんと話をして、ようやくたどり着くことができた。

「勝手にどうぞ。どうせしばらくウジウジするんでしょ」

「あんまり私のことなめないでよ」

「わかったからもう早く帰んなよ。見てるこっちがいてーよその足」

心配するわけでも手を貸してくれるわけでもなくただ帰宅を促すだけのところが、とても名島くんらしかった。

六. 綻んだ自由

「夏休みってなんかほんと一瞬なんだ……」

「え？　滝、しんみりするほど夏休み謳歌《おうか》してたっけ？」

「してない。もう一ヶ月先生と会えてないし」

「早く学校行きたくて仕方ない人じゃん」

「それもまた違うんだけど……」

「めんどくさ」

夏休みはあっという間に最終日となり、私はなぜかコンビニの横で名島くんとアイスを食べていた。会う約束をしていたわけではない。名島くんと私の行動範囲がたまたま被っているだけだ。初めて名島くんの素顔を見た、図書館からの帰り道。あのとき一緒にいた人たちは学校も性別も抱える事情もそれぞれで、なんとなく集まる場所がこの街なのだと、名島くんから以前聞いたことがある。

夏休み最終日の今日も、図書館で勉強した帰りにこのコンビニに寄ったら、アイスコーナーで迷う名島くんとばったり会ってしまった、というわけである。名島くんがアイスを買っているのを見たらなんだか私も食べたくなってつられて買ってしまった。

「世良とは会ってんの？」

唐突に振られた話題には、小さな声で「……一回だけ」と答える。

花火大会以降、世良くんとは課題を一緒にやろうということで一度だけファミレスで会ったけれど、どこか気まずさは残ったままで、会話はそう弾まなかった。代わりに課題の進み具合はとてもよかった。歩くときは私と世良くんの間に半人分の距離が空くようになり、手が触れることもなかった。世良くんは何か言いたそうにしていたけれど、私は気づかないふりをした。このまま私に愛想を尽かして振ってくれないかとすら思っていた。

そのあとは、世良くんがサッカー部の合宿に行っていたり、私が家族旅行がてら県外にいる祖母の家に行っていたりと、タイミングがよいのか悪いのか、私たちは会わないままでいたのだった。

桃音たちと会ったのも、琴花の留学前に一度四人でショッピングをしたときが最後だった。それ以降は一度も会うことはなく、ＳＮＳで桃音とあかりがふたりで写っている写真を頻繁に見ては、自分はその場にいなくていいことに安心すると同時に、勝手にモヤモヤを抱えていた。私はいつもそうだ。適当に愛想笑いばかりしているくせに、いざ遊びに誘われなかったりするとショックを受ける。彼女たちの行動に他意がないことは想像できても、実際にはどうかわからないから怖いのだ。ひとりになりたいと言いながら、ひとりになることを恐れている。

友達も恋人も大切にできない私の思考は、いつもいつも都合がよくてどうしようもない。

「じゃあまだ話せてないんだ？　世良と」

「……タイミング、うまくつかめなくて」

名島くんに大口を叩いたわりに、私は結局何も行動に移せないままでいる。前回会ったときに別れを告げるつもりでいたけれど、いざ本人と目が合うと、これまでの私の誠意のなさや、最低な思考をそのまま世良くんにぶつける勇気が出なかった。

「ま、今は焦んなくてもいいんじゃない。どうせ明日から嫌でも毎日会うんだし」

「ホントにそれはそうなんだけど……」

「嫌でもは否定しないんだ」

「出た、名島くんの嫌なところ。やめてよそれ、悔しいから」

「ハハ。悔しいってなに」

このまま、嫌なことには目を瞑《つむ》って逃げ続けられたらいいのに。

抱えている悩みやモヤモヤが全部朝になったらなくなっていて、私たちマイノリティの人間が〝普通〟になれる世界に変わってくれたらいいのに。

「あ」

――ぼとり、アイスが私の右手から滑り落ちる。

叶《かな》いもしない想像を膨らませていて、意識が手元から離れてしまっていたせいだ。

「あーもう」と呆れたように言いながら、名島くんがティッシュを取り出して、服についたアイスを拭いている。

「下手くそ」

「アイス食べるのに下手もくそもなくない……？」

「バランスとって食べないと。もう棒アイス食べるのやめたら？」

「ねえちょっと。じゃあ名島くんアイス落としたこと一回もないの？」

「ないね。俺この界隈でいちばんアイス食うのうまいから」

「どの界隈？　適当なことばっかり言うのやめてくれる？」

それから、なんやかんやと言いながらも、半分以上アイスを落としてしまった私に、名島くんは新しいアイスを買ってくれた。

「……栞奈？」

私と名島くんのそんな様子を見ていた人がいたなんて、私たちは少しも気づかなかった。

「ごめーん。あたしと桃音今日バイトあるから先帰るわぁ」

「わかった。また明日」

「うい〜ばいばい」

ホームルームを終え、桃音とあかりはすぐにバイトへと向かっていった。今日聞いた話によると、ふたりは夏休み中に同じ場所でバイトを始めたらしい。これから、一緒に帰る日が減ると思うとほっとしてしまう。

ふたりを見送り、教室に取り残されたのは琴花と私のふたりだけだった。彼女とふたりきりになるのは、試験前の勉強会のとき以来だ。あのときも思ったけれど、やっぱり私たちがふたりになると少しだけ気まずい空気になる。

「琴花はなんにも用事とかないの？」

「ないよー」

「そっか。えっと……じゃあ帰ろ」

「うん。あ、じゃあちょっと私トイレ行ってくるから待っててくれる？　先に下降りてていいから」

「わかった。昇降口で待ってるね」

それからすぐ私は教室を出た。手持ち無沙汰でわけもなくスマホを開き、時間を確認したり、適当なアプリを開いたりしては閉じる。

駅までの二十分間、何を話そうか。屋上に名島くんがいたら今日はなんの話をしようと考えるときは次々浮かんでくるのに、今、琴花に話したいことはなかなか浮かんでこない。留学のことだけで二十分も持つだろうかとか、こんなに気を使うくらいなら、いっそ別々に帰ろうと提案したほうがいいんじゃないかとか。

「あ、滝見つけた。あのさ、ちょっとお願いがあって」

いろいろ考えたまま昇降口にたどり着くと、帰り際の名島くんが声をかけてきた。

「明日たしか委員会だったと思うんだけどさ、俺今回不参加でもいい？　弟がひとりになるから家すぐ帰んないといけなくて」

「あ、うん。わかった」

「ごめん助かる」

名島くんには小学生の弟がいるらしい。夏休み中に更新された情報だ。歳が離れているからつい可愛がって甘やかしてしまうと、名島くんらしいような、らしくないような、そんなことを言っていた。

家族の前では、きっと学校とも放課後ともまた違う顔をしているのだろう。

「名島くん、今日もいつもの場所？」

「まあ。どっちみち明日は行けないし」

「ふうん」

周りに人もいたので、少しだけ声を抑えて話す。昨日も話したからか、久しぶりな感じは全くしなかった。

「滝も来る？」

「え、いいの？」

「いいよ。鈴さんも言ってたじゃん、いつでも来ていいって」

鈴さんたちとは、花火大会のときに会って以来だ。名島くんから聞いた話によると、ヤマさんを中心に、どうやら年齢性別問わず五、六人でよく顔を合わせているらしい。いろいろな事情を抱える人たちがその日の気まぐれで公園やコンビニ、誰かしらの家で集まっているだとかなんとか。友達の輪が小さい私には程遠く、けれど少し羨ましいとも思っていた。

「……行ってみたいけど、本当に行っていいの？　名島くんの大切な場所だし……私同じ学校なのに」

「そうだけど。滝ならいいよ別に」

名島くんからそんな言葉を貰える日がくるなんて想像もしていなかった。気を抜いたらすぐに頬がゆるんでしまいそうで必死に堪える。

高校生になってから、私にとって横原先生だけが学校に来る理由だった。けれど今は、たったひとつだった理由がふたつになった。名島くんがいれば安心する、名島くんと屋上で話す時間さえあれば大丈夫、と思うようになった。

だから純粋に嬉しかったのだ、心を開いていたのは自分だけではなかったのだと実感できたことが。

「そっか。じゃあ行きた――……」

「栞奈」

行きたい、と言いかけたところで、名島くんではない男の人の声で遮られた。私を下の名前で呼ぶ男の人なんてひとりだけだ。視線を移すと、そこには予想通り世良くんが立っていた。

「一緒に帰ろう」

「え？」

急な誘いだった。いつもだったら前日に一言連絡が入ったり、朝のうちに直接声をかけてくるので、こんな帰り際に誘われることは滅多にない。違和感を覚えたものの、今日は琴花と帰る約束をしているのでまた別の日に、という旨を伝えようと試みる。

「ごめん世良くん、今日は……」

「名島と帰るから無理？」

「……は？」

けれどそれは予想外の言葉に阻まれてしまった。さすがの名島くんも、なんの前触れもなく出た自分の名前には驚きを隠せずにいた。

「名島くんとは帰らないよ。ていうかなんで急に名島くん……」

「急に、じゃないだろ。夏休み前くらいから違和感はあったよ。お前らが絡んでるのとかこれまで見たことなかったのに最近やけに仲良さそうだし……気のせいかもって思ってたけど。でも俺、昨日見ちゃったんだ——お前らが一緒にいるところ」

世良くんが視線を下げる。気まずそうというよりは、苛立っているように見えた。

確かに昨日、私と名島くんは一緒にいた。それは約束して待ち合わせたわけではなく、たまたま遭遇したから少し話しただけだ。当然、やましい関係でもない。なぜなら私たちには、互いに好きな人がいるからだ。

けれど、世良くんはそれを知らない。話していないから当然だ。

これまであまり関わってこなかったはずなのに最近やたらよく喋る、友達と呼ぶには曖昧な、男と女。今この瞬間、私たちが何も知らない第三者から見たときに誤解されるような立ち位置にいることは否定できない。それが普通だからだ。

「俺は……好きだから気になるし、嫌われたらどうしようってビビって弱気にもなるし……嫉妬だってするよ。栞奈にはわからないことなのかもしんないけど」

「……世良くんあのね」

「栞奈、鈍感なわけじゃないよ俺」

世良くんの傷ついたような顔を前に、私は何も言えなかった。

「やっぱり名島のことが好き？　最初からずっとそうだった？」

「違う！」

「じゃあ逆？　名島が栞奈のこと好きで近づいてんのか」

「違う……、そうじゃなくて」

全部綺麗に訂正したいのに、正しい言葉が見つからない。事実を伝えるために必要な言葉には、隠さなければいけない部分が多すぎる。

何も言えない。ここでは、何を言っても誤解を招くだろうし、どのみち誰かを傷つける。

下校のタイミングで、昇降口には生徒がどんどんやって来る。「喧嘩？」「別れ話じゃない？」など、ひそひそと自分たちのことを話している声が聞こえて居心地が悪かった。

「世良、一旦場所変えたら。ここみんな通るし……」

「名島は黙ってろよ！」

この場を宥《なだ》めようとした名島くんに、世良くんが大きな声をあげる。反射的に肩が揺れた。いつも気さくで優しい世良くんがこんなふうに感情をむき出しにしているところを見るのは初めてで、怖いと思ってしまった。感情がそのまま顔に出てしまっていたことに気づいたのか、私と目が合うと、世良くんは小さく「ごめん」と謝った。

「正直今、何言われても信用できない。……裏切られた気分になるっていうか……今まで俺の話だって散々聞いてきたくせに、心の中では笑ってたんじゃねーのって」

「そんなわけないだろ」

「なんでそんな簡単に言えるんだよ。そんなわけないとか、今言われてもあーそうでしたかとはなんねーよ」

名島くんと世良くんが実際にどのくらい心を開き合っていたのか私は知らない。けれど、少なくとも世良くんは名島くんに対して込み入った話をするくらいには信用していたのかもしれない。

「滝」

「え?」

「ありがと」

黙って話を聞いていると、名島くんが一瞬だけこちらを見た。それから、隣にいた私にだけ聞こえるくらい小さな声でそう言った。何に対してのお礼なのかわからなかった。何も言えず、ただの傍観者と化している私が、名島くんに感謝されることなんてあるはずがない。

けれど、名島くんがこれから何か大切なことを言おうとしていることだけはなんとなく察してしまった。

「悪いけど、今世良が言ったこと全部間違ってるよ。事実としてひとつも正しくないから、口先だけって思われてもこっちは『そんなわけない』としか言えない」

「はあ？　どういう……」

「俺がゲイだから」

聞き間違えようのないくらいクリアな声だった。その場が一瞬にして静まったのがわかる。

「は……、はあ……？」

「だから、滝とそういう関係になることは一生ないよ。滝は全部知ってて俺と話してくれてただけだから。原因があるとすれば俺かな」

名島くんは表情ひとつ変えないまま言葉を続ける。世良くんは突然のカミングアウトに動揺しているようで、何度も瞬きをしながら立ち尽くしている。

「なし、名島くん、言ってよかったの……」

「いいよべつに。事実だから」

「だって……でも、こんな、みんながいる場所で」

「誤解されるよりはいいよ。俺と滝が一緒にいてもそういうんじゃないって証明するには今言うしかなかったし。それに俺、べつに隠してたわけじゃないよ。聞かれなかったから言わなかっただけ」

私は無力だ。名島くんのことを守る勇気もなければ、世良くんへの弁解もできない。この期に及んでまだ、周りの視線が気になって仕方がない。私はいつも、どんなときだって「でも」「だって」ばかりだ。

けろりとした顔で自分はゲイだと言い切った名島くんを前に、世良くんは瞬きを繰り返している。それからじわじわと言葉の意味を理解していったのか、顔を引きつらせ、「笑えねー……」と呟いた。

「ハハ……、冗談やめろよ」

「冗談に聞こえた？　今のが」

「いやいや、ありえねーだろ」

「ありえない？」

「フツーに。気持ち悪いって」

もう長い間、誰が決めたかわからない『フツウ』に囚われている。

学校では友達を作って一緒に過ごすことも、同世代の異性を好きになることも、恋人になったらスキンシップを取ることも、誰かに強要されているわけじゃない。

それなのに、いつのまにか世の中ではそれが【普通】とされていて、私のようにうまく溶け込めなかった人たちは「普通じゃない」だとか「変わっている」などと言われる。

今世良くんが放ったひどい言葉は名島くんに向けられたものだったけれど、まるで自分に言われているようで苦しくなった。

「ね、気持ち悪いって思うよな。でも、残念ながら冗談じゃないんだよね。だから、滝と俺に対してそんな心配しても無駄なだけだよ」

「無駄って……」

「滝も俺のことは嫌いみたいだし。じゃあそういうことだから、俺は帰るよ」

「まだ話の途中だろ。勝手に帰んなよ」

「ハハ。黙ってろって言ったり話の途中って言ったり忙しいな」

名島くんの話し方には少しだけ棘が含まれているような気がした。きっと、〝完全無欠〟の名島皐月はこんな話し方はしないのだろう。世良くんも雰囲気の違いに気づいたのか口を噤《つぐ》んでいる。

「ごめんね滝」

「え……」

名島くんが細い声で言う。その『ごめんね』が何に向けられた謝罪なのか、私には理解することができなかった。笑っているようで、その瞳と視線は交わらなかった。靴を履いて、名島くんがその場を離れる。今このタイミングで名島くんをひとりにしたくなくて追いかけようとしたけれど、世良くんに腕を掴まれ、弱々しく引き留められる。

「あいつのところに行くの？　名島はああ言ってたけど栞奈は……」

「ごめんなさい」

世良くんの言葉を遮って言う。それは咄嗟に出た言葉で、今までにないクリアな声に自分でも驚いた。

「世良くんとはもう付き合えない。ごめん、……ごめんなさい」

腕を振り払い、名島くんのあとを追いかける。去り際、いつのまにか昇降口に来ていた琴花と目が合ったけれど、私は目を逸らし、気づかないふりをしてその場を去った。私たちは、事情を話せるような関係ではないからだ。もう誰にも、名島くんと私の【普通】を否定されたくなかった。

「っ名島くん！」

走り出してすぐ、裏門から出ようとする名島くんの姿をとらえ、名前を呼んだ。追いかけたところでなんて声をかけるべきかまでは考えていなかった。

私の声に、名島くんが振り返る。今にも泣き出しそうな顔をしていて、私は思わず走るのをやめた。〝完全無欠〟の名島皐月とは程遠い、見たことのない表情だった。

「ね、滝。俺たちは……俺は、やっぱり普通にはなれないのかもしんない」

「なし……、」

「ごめん。今はひとりでいたい」

——好きな人に拒絶されるって結構傷つくことだからね。結構っていうかかなり。

少し前に名島くんが言っていた言葉が頭の中で再生される。

再び歩き出したその背中を、もう一度追いかけることはできなかった。

七．戸惑いと深呼吸

「ねえ聞いた？　名島くんゲイなんだって」

「男が好きってことだよね？　現実の話？」

「好きになりかけてたから普通にショックなんだけど」

「俺らのこともホントはそういう目で見てたりしたんかなぁ」

「名島くんって煙草吸うらしいよ。B校のやばい人たちと仲良いらしい」

「それソースどこ⁉」

「わかんない。でも一緒にいるところ見た人いるんだって。だからガチだよ多分」

翌日学校に行くと、教室は名島くんの話題で持ち切りだった。下校時間だったこともあって周りに人がたくさんいたから、当然と言えば当然のことだ。けれど、わかってはいてもやるせない気持ちになる。噂というものは、どうしてこんなにも広まるのが早いんだろう。苛立ちを抱えたまま、自分の席につく。うしろの席はまだ空いていた。

「栞奈栞奈！　ねえやばくない？　名島くんの話！」

いつものように私の席にやってきた桃音とあかりから、おはようよりも先に振られたその話。思わず眉間にしわが寄る。本人がまだ登校していないとはいえ、周りに聞こえる声量でクラスメイトの名前を言うのはいかがなものだろうか。当然、ふたりはそんなことを気にしているわけもなく、「あたし聞いたときびっくりしちゃった」「あたしもあたしも」などと話を続ける。琴花はいつも通り、自分の席に座って本を読んでいた。

「正直さ、気持ち悪いって思っちゃったんだよねぇ。BLとかは平気なんだけどなー、リアルで、しかもこんな身近にいると思うと処理しきれないっていうか」

「ね。わかるー。彼女いないのもそれが理由だったっぽいし」

「あんなにイケメンだったら女の子選び放題なのに。男しか好きになれないとか可哀想だよね……もったいない」

「完全無欠の名島皐月もさすがにこれで落ちたよねぇ」

耳に入るすべての言葉が引っかかる。「気持ち悪い」も「可哀想」も、ゲイだからと言って名島くんにそんな感情は一度も抱いたことがないからだ。彼女たちの話に共感できるところはひとつもない。ボーイズラブが平気だと言いながらそれが現実にいたら受け入れられないだなんておかしな話だ。

相槌すら、私はまともに打てなかった。

「栞奈昨日あの場にいたって聞いたよ。実際どんな感じだった？」

「てか栞奈は知ってたんだよね？　なんとも思わなかったの？」

今までみたいに、愛想笑いでうまく躱《かわ》そうとは思えなかった。

全部間違っている。名島くんは最初から完全無欠なんかじゃない。雑だし、適当だし、冷たいし、突き放すようなことばかり言う。学校ではいい子を演じているだけの嘘つきだ。けれどとても気が使えて、なんだかんだ優しくて、拠《よ》り所を探している。

そういう部分も全部含めて名島くんだと、私はもう知ってしまった。

だからこそ、表向きにつくられた一面だけを切り取って、勝手に持ち上げては失望する周りの意見に共感なんてできるはずがない。

どこから訂正すれば伝わるだろう。何をどう言葉にすれば、名島くんのことを守れるだろう。

「ねえ栞奈聞いて――」

「うるさいなぁ……」

考えてもわからないまま、心からの本音が零れ落ちた。ざわついていた教室がぴたりと静まったのがわかる。読書をしていたはずの琴花も、いつのまにか読書をやめてこちらを見ている。

みんなが私を見ている。注目を浴びている。怖かった。けれど、これまでしてきたように適当に誤魔化すことはもうできなかった。――しようとすら思えなかった。

「……はあ?」

「どうせ何も知らないんだからせめて憶測で話すのやめたらいいのに。聞いてて不快だよ、ずっと。おはようもなしに噂話ばっかり」

「はあ？　なんで栞奈が怒ってんの？」

「桃音、前に言ってたじゃん。名島くんなら許せるって。あかりだって共感してたよね？　名島くんくらいモテたらいっそゲイのほうがいいって。それが現実だってわかったとたん気持ち悪いとか可哀想とか、都合よすぎだよ」

　自分の考えを彼女たちに伝えるのはこれが初めてだ。楽なほうを選んで流されてばかりだったけれど、それではダメだと思ったのだ。

　名島くんのことを――私にとってとても大切な人のことを、好き勝手言われて黙っているだけの私ではいたくなかった。

「……何、いっつもうちらの話適当に聞いてるくせに。名島くんのことが好きだから怒ってんの？　世良が可哀想――」

「そういう……なんでも勝手に恋愛に結び付けるところ、私ずっと嫌だった」

　桃音は何か言いたげにしていたけれど、私の言葉に口を噤んだ。

「一緒にいるから好きとか、同性を好きになることが可哀想とか、男女とか、友達とか……普通とか。そういうのにもう囚われたくない」

　私が言い返してきたことになのか、私の発言に対して名のか定かではなかったけれど、桃音もあかりも教室にいたクラスメイトたちも、唖然としていた。

「みんなどうせ、ただ生きてるだけなのに。生きて、人を好きになってるだけなのに。

私もみんなも、誰かが決めた普通に囚われて苦しくなってる」

「かん、」

「あっちゃいけない気持ちなんかないのに……！」

〝普通〟じゃない私のことを、名島くんは否定することなく受け入れてくれた。名島くんが私に言ってくれたのだ。私たちはただ生きているだけだって。ただ生きて、人を好きになっただけだって。

名島くんと私の間に恋愛感情はないし、友達と呼べるほど仲がいいわけでもない。けれど、大切なのだ。存在する言葉に収まるような関係ではなくても、名島くんが傷つけられるのは嫌だ。できるだけ穏やかで平和な日々の中にいてほしいと思う。

「何ひとりで熱くなってんの……怖いんだけど」

けれども、言葉なんてものは、もどかしくて厄介だ。私と名島くんがどんな経緯で関わるようになったかも、これまでどんな話をしてきたかも、私しか知らない。この熱も怒りも、きっと他人からしたら鬱陶しいだけなのだろう。それがやるせなくて、切なくなる。

「もう行こ」

「ね。なんか冷める」

予鈴が鳴り、私たちのやりとりは強制終了となった。最後に付け加えられた言葉に、余計にモヤモヤは晴れないまま、私は周りの視線から逃げるように席につく。この場にいる全員が敵に見えた。

世良くんはギリギリに登校したようだったけれど、彼と目を合わせることはできなかった。

私のうしろの席は、ホームルームが始まってもなお、空席のままだった。


昼休み、私は屋上にいた。

あの気まずさに包まれた教室は、あまりにも居心地が悪すぎたのだ。

屋上に向かう途中、もしかしたら名島くんがこっそり登校しているんじゃないか、なんていう淡い期待を抱いたりもしたけれど、そんな思いは虚しく屋上には誰もおらず、そこにはただ青い空が広がっているだけだった。

この場所でひとりになることは滅多になかったから、ある意味新鮮だ。誰もいないことをもう一度確認して、私はコンクリートに仰向けに寝転がった。太陽が近くて暑い。全身で夏を感じる。

いつも名島くんがやっていた。「気持ちいいよ。滝もやってみなよ」と名島くんは言うけれど、相手が名島くんとは言え男女が隣同士で寝転がるのってどうなんだとか、スカートだしとか、言い訳ばかり頭に浮かんで私は一度もやったことがなかった。

けれど、今日はひとりだ。何も気にすることがない。

広がる空に目を閉じて深呼吸をすると、周りの音がなくなって、思考が途端にクリアになった。

今日、名島くんは学校に来なかった。きっと——絶対、昨日のことが原因だ。

『俺は、やっぱり普通にはなれないのかもしんない』

名島くんの表情が脳裏をよぎる。

私のせいだ。私がもっと上手に周りとコミュニケーションが取れていたら、きっとこんなふうにはならなかった。名島くんが自分の秘密をカムアウトしたのも、そうすることでしか世良くんの誤解を解けないと思ったからなのだと思う。

私は自分の秘密を守ることで精一杯だった。違う、そうじゃない、と情けない否定しかできなかった。

名島くんの言葉に何度も助けられたのに、私は——。

「いつもここにいたんだね」

不意に声がして、私はパッと目を開けた。寝転ぶ私の顔を覗き込むように見下ろしていた琴花と目が合う。驚いて声もまともに出なかった。

「気になってついてきちゃった」

「こ、琴花……」

「安心して、他には誰もいないから」

そう言って、琴花が寝転ぶ私の隣に座った。なぜここに琴花がいるのか、説明はされたものの理解が追いつかなかった。彼女〝らしく〟ないからだ。私の知っている琴花は、わざわざひとりでいる私を気にかけたりはしない。

「こんなところで寝たら焼けちゃうよ？　栞奈、せっかく肌白いのに」

「あ……いや、日焼け止め塗ってるから……」

「そう？　じゃあいっか」

中身のない会話をして、それから数秒沈黙が続いた。話題は見つからないまま、私は視線を琴花へ向ける。彼女の考えていることがわからなかった。

目が合うと、琴花は小さく微笑んだ。その笑みが何から来るものなのか、私にはわからなかった。

「今朝の栞奈、かっこよかったよ」

「え？」

「私、栞奈はああいうふうに怒ったりしないと思ってたから。意外だったけどさ……うん、すごかった」

「すごいってなに……」

あ、と心の中で声が洩《も》れる。自分で言ったあとに、この返しは以前私が琴花に言われて嫌だったあれだ、と思い返した。

自分の嫌な部分は、ふとしたときに露呈する。

「……私も、自分はあんなふうに言える人だって思ってなかった」

「じゃあやっぱりすごい。誰かのための行動って簡単にはできないことだよ」

なんだか不思議な気持ちになる。誰かに認めてもらうことは、嬉しいけれど、なんとなく照れくさい。

「あの、さ」

「うん」

「……名島くん、もう学校来ないと思う?」

寝転んだまま、私は言う。琴花に聞いたとて正解など出ないのに、聞かずにはいられなかった。

「わかんない。私、名島くんが本当はどんな人か知らないし」

「……そうだよね」

「でも栞奈は違うでしょ?」

そう言われてハッとした。名島くんが本当はどんな人か、私は知っている。本当は全然いい子じゃないことも、彼が誰に恋をしているのかも、彼ときちんと話したからこそ知ることができたのだ。

「……私、名島くんのおかげで学校ちょっとだけ楽しくなったの」

「うん」

「私たちはただ生きてるだけって、言ってくれたの名島くんなんだよ」

それから私は、琴花に自分の話をした。桃音とあかりのこと、先生のこと、世良くんのこと。それらに対するすべての感情を共有できたのが名島くんだったこと。名島くんが、とても温かくて優しい人だということ。

琴花は私の話を頷きながら聞いてくれた。


「……だから、戻って来てほしい。もっと話したいし、力になりたい。せっかくの高校生活、こんなふうに誰かに振り回されてほしくない」

心からの本音だった。けれど、これが自分本位な願いであることもわかっているからこそ、この気持ちをうまく消化できない。琴花とこんなふうに話をしていることも少し不思議だったけれど、打ち明けることに抵抗はあまりなかった。

「なんかさ、ちょっと妬けちゃう。名島くんのこと」

不意に言われた言葉はあまりに予想外で、私は「え？」と素で聞き返してしまった。

「私だって本当は栞奈とそのくらい仲良くなりたかったんだから」

「え……なんで？」

「突然なんだけど……同じ女の子として憧れもあったっていうかね、単純に栞奈の雰囲気とかセンスが好きだなって思ってて」

「い、いつから？」

「入学したときからずっと。同じクラスにめちゃくちゃ好みな子いるなあって。仲良くなりたいなあって思ってたら、桃音たちが話しかけてきて偶然グループできちゃった。ふたりのノリと合わないことたくさんあったから、ぶつからないようになるべく離れるようにしてたけど……私、栞奈のことはちゃんともっと知りたかったんだよ」

予想外すぎて、うまい言葉が見つからなかった。私が知っているクールな琴花とはなかなか結びつかない展開だった。この感情は、名島くんの本性を初めて見たあのときも感じたことがある。

私は、知らないことばかりだ。なんでも持っていて、自分の意見もきちんと言える、私にはないものを全部持っているはずの琴花が私に憧れていたなんて、言われた今ですら信じられない。

「答えたくなかったら答えなくてもいいんだけど……さ、それって、私のことが好きってこと？」

「好きだよ、人間として。好きって、恋愛感情だけじゃないでしょ？」

琴花があたりまえのことのように言う。「好き」という感情は恋愛だけに言えることじゃない。私が人として名島くんのことが好きで大切だと思っているのと同じで、琴花も私に似た感情を抱いてくれている。

「私……琴花のことちょっと苦手だった。私みたいに周りに合わせてウジウジしてるタイプ嫌いそうだったし……バカにしてるのかなって、思ってて。被害妄想なんだけど、さ」

「うん、知ってた。だから余計にどうしていいかわからなくて。話すのもうまくないから、栞奈のこと無意識で傷つけちゃってたかもしれなくて……ごめんね。留学だってホントは何回も先生に栞奈のこと勧めたの。でも、本人の意思がないから難しいって言われたの。栞奈に羨ましがられるほどすごい人間じゃないんだよ。ずるくて小賢しいだけ」

「……今の話聞いたら、私はそうは思わなかったから大丈夫だよ」

知り合ってもう一年以上経つはずなのに、初めて知ることばかりで不思議だった。

「そういうところが、やっぱり人として好きなのかも」

「えー……ありがと」

「名島くんがまた学校に来るかどうかはわかんないけどさ。でも、戻ってきたらいいなって私も思う。だから、一緒に待とう？」

琴花の知らない一面を知る。ずっと言えなかったことを打ち明ける。

全部、面と向かって話をしないと一生知ることがなかったかもしれない。

「……それに私、名島くんの笑顔信用してないからさ。栞奈が頼るべき相手としてまだ認めてないんだよねぇ……。もうちょい見極めさせてほしいっていうか」

「え」

「え？」

「……やっぱり名島くんの笑顔嘘くさいよね？」

「え、うん。めちゃくちゃ……なんでみんな気づかないんだろうって思ってた」

「わっつっかる……」

次、名島くんに会ったら絶対に言ってやろう。名島くんの笑顔を信用できていない人もいるから、いい子ぶるならもっと精度をあげたほうがいいって、偉そうにアドバイスしてやるんだ。

八．愛しき純情

二、三日で彼が同性愛者であるという話題もだんだんと薄れていったけれど、三日が経っても、名島くんは学校に来なかった。不安になって担任に聞いてみたけれど「体調不良が続いているらしい」と言われるだけで、詳しいことは何も知ることができなかった。

彼は今どこで何をしているのだろう。連絡先を交換していなかったことを、ここにきて初めて後悔した。せめて生きていることだけでもこの目で確認したくて、昨日名島くんがよく集っていたたまり場を覗いてみたけれど、彼の姿は確認できなかった。鈴さんやヤマさんもいなかったから、単純にタイミングが合わなかったのもあると思うけれど、いつもいるはずの人がいないだけで、こんなにも不安になる。

目に見えるものがすべてではないというときもあれば、この目で確認しないと解消されない不安もあって、世の中の理《ことわり》はいつも矛盾ばかりで嫌になる。

昼休み。日直だった私は、英語の課題ノートを届けるために英語科準備室に来ていた。「失礼します」と控えめにドアを開けると、先生は大量のノートを持った私を見てすぐ「ご苦労様です」と言った。

夏休みが明けてからもう何度か先生の授業を受けているはずなのに、最近は授業中も名島くんのことばかり考えているせいで、横原先生の顔をきちんと認識するのはとても久しいことのように思えた。「そこに置いていいですよ」という先生に従ってノートを置く。机の上は、今日も少しだけ散らかっていた。

「最近はどうですか」

「え？」

「滝さんが最近ずっと思考されていることは、よくなっていきそうですか」

急な問いかけに、私は言葉を詰まらせた。私がわかりやすいのか、先生の観察眼がすごいのかはわからない。けれど、やっぱり横原先生は先生のままで、懐かしい感情がこみ上げる。

「もう、もとには戻らないと思います」

「そうですか」

あの日以来、桃音とあかりとは挨拶すら交わさなくなった。無視などではなく、互いに関わらなくなったというほうが正しい表現なのだと思う。

琴花と私が一緒にいるようになったこともあり、一年生のときから続いていた私たちの四人グループは自然と消滅していった。

やっぱりこんなものだったのかとも思ったし、こんなものであってほしくなかったとも思ったのだ。

「……私、もっと普通でありたかったです」

本当はもっと、本音でぶつかりたかったのかもしれない。楽なほうばかりを選ぶのではなく、嫌なことやつらいことも、もっとちゃんと向き合ってくるべきだった。なんとなく日々が満たされない理由を、誰かの、何かのせいにするのではなく、まずは自分が変わる努力をするべきだった。そうしたら、こんなふうにはならなかったかもしれない。

「たとえばですけど、日本人だから日本語で会話をしなきゃいけないとか、そんなルールはもとからないんです。他の国の言葉を使えない人が圧倒的に多いから、母国語を使うことが多数派とされているだけで、日本人が英語や韓国《かんこく》語で話すのが〝普通じゃない〟なんてことはないんですよ」

「でも、」

「日本人だって、いつも正しく日本語を使えるわけじゃないでしょう。それに、戸籍は日本でも海外で育ったら得意な言語は日本語とは違う人もいます。人には人の、様々な事情がある。それらを知らない人たちの言うことなんてものは、真面目に聞き入れるメリットがありません」

授業をするときと同じように、正しいことを淡々と述べる。余計な感情が一切ない先生の話し方が、私はとても好きだった。

「〝普通〟なんかないですよ。全員特別な、唯一無二の個体です」

泣きそうだった。

——俺たちはただ、生きて人を好きになっただけ。

名島くんの言葉が頭をよぎる。涙がうっかり溢れてしまわないように唇を噛み、必死に堪える。ふと先生に視線を向けると、彼はあえて私から視線を外し、泣きそうになっている姿を見ないように気遣ってくれているようだった。

「……ありがとうございます」

「いえ、ぼくは何も。話すべき人と、きちんと向き合えるといいですね」

〝普通〟になりたかった、なれなかった。けれどそれは、最初から目指すようなものじゃなかった。あたりまえのことなのに、私はいつも忘れてしまう。

もう一回、会いに行こう。私が思ってることをきちんと伝えなければ。

「先生が既婚者じゃなかったら好きになってたかもしれないです、多分」

「そうですか。じゃあ、結婚していてよかったです」

この人を好きになってよかった。嘘でも強がりでもなく、心からそう思った。

昇降口で下駄箱に寄りかかるようにして人を待っていると、その人はすぐにやってきた。

「栞奈ごめん、お待たせ」

「ううん。大丈夫」

「栞奈から一緒に帰ろうって誘われるの、多分今日が初めて。俺ちょっとびっくりした」

今日は週に一度のサッカー部が休みの日だ。夏休みが明けたあの日から、世良くんとはまともに話すどころか目も合わせないようにしていたので、本音を言うと、彼を待っている時間はとても怖かった。連絡をしたら世良くんがきちんと返事をくれたことも、約束通り来てくれたことも、それだけでとにかくほっとした。世良くんはいつも、こんなふうに緊張したりドキドキしたりしながら私と関わってくれていたのだろうか。

「なんか久々な感じする。同じクラスなのに」

「……そうだね」

学校を出て、人ひとり分の距離を空けて駅に向かって歩き出す。何度も一緒に帰った道のりが、今日だけは初めて歩くような道に感じた。

唇が震える。何から言葉にすればいいのかわからなかった。言うべきはずのことは今日全部言うと決めていたのに、いざそのときが来ると言葉がうまく出てこない。

「ごめんね、ずっと」

すると、そんな私を察したのか、世良くんが先に口を開いた。思わず顔を上げる。

世良くんはとても優しい顔をしていた。彼はいつもこんなに優しい顔で私を見てくれていたのだろうか。胸が締め付けられる。どれだけ、私はこの人を傷つけてきたのだろう。

「栞奈が俺のこと好きじゃないの、知ってた。元々お試しで付き合ってもらってたしそれはわかってたつもりなんだけど。でも、気づいてないふりして自分勝手なことたくさんした。ごめんね」

「そんなこと……」

「俺、ずっと必死だったから。だからあのとき、名島に取られたって思って、焦って、ダサいことばっかり言った。……怖かったよな、ごめん」

世良くんは、クラスではとても明るい人だけど、ふたりでいるときは少しだけ雰囲気が柔らかくなる。言葉遣いも優しくて、桃音やあかりたちと楽しそうに話しているときとはまた違うのだ。よくも悪くも、きっと気を遣ってくれていたのだろう。

それに対して私は、付き合うことになってからも、自分のことばかり考えていて、世良くんの優しさにも気遣いにもきちんと気づくことができなかった。大切にされている、好かれている自覚がありながら、自分に向けられる好意をないがしろにしていた。

「栞奈のこと、本当に好きだった。……なのに俺、自分のことばっかで……栞奈のこと、本当の意味では大切にできてなかったんだと思う」

謝るのは私のほうだ。世良くんは、こんなにもまっすぐ、ずっと私を好きでいてくれた。

「私も……ずっとごめんなさい」

今度こそ、誠実に向き合わないといけない。ひとつも言い訳はしない。嘘もつかない。そう心に決め、私はすべてを話し出す。世良くんは、ときどき相槌を打ちながら聞いてくれていた。

「世良くんのこと、私勝手に決めつけてたの。なんでわかってくれないんだろうってばっかり思ってて」

「でもホントにそうだったから栞奈が悪いわけじゃないよ」

「ううん。わかってもらいたいくせに何も言わなかったのは私だから。それなのに『察してほしい』ばっかりで、我儘《わがまま》すぎるよね。ごめんね」

世良くんには世良くんの事情があって、私には私の事情があった。それを共有することのないまま、私たちはお互いのためと言いながら保身に回っていただけだ。

「最後に一個だけ、ちゃんと言っておきたいことがあるんだけどさ」

世良くんが申し訳なさそうな声で言う。

「名島のこと、なんだけど。……驚いたけど、気持ち悪いなんて思ってない。あのときは動揺してひどいこと言ったなって……謝りたくて。学校、俺のせいで来なくなったかもしれないから……栞奈となら話すのかなって」

名島くんが学校にこなくなったことを、世良くんは世良くんなりに心配していて、彼に言った言葉を後悔していた。

「それは名島くんに会ったときに本人に伝えたほうがいいんじゃないかな。きっと、私が言っても意味ないことだから」

「そ……そうだよな。そうする、ごめん。ありがとう」

世良くんは、きっと自分が名島くんから好意を寄せられている側であることは知らないままだ。ここで名島くんを否定し続けるような人じゃなくてよかったと心から思った。それだけで、救われる心があるような気がした。

「……教室でこれまで通り話しかけてもいい？　友達として。もちろん二度と話したくなかったらやらないけど……」

「いいよ。むしろ気使わせてごめんね」

「いや！　むしろ俺が気まずくなりたくないからって理由でそうしたいだけだから……ありがとう」

最初からもっと話をしていたら、こんなふうにはならなかったかもしれない。恋にはならなくとも、よい友達にはなれていたかもしれない。今更たらればを並べたとてどうしようもないけれど。

「世良くん……今までありがとう」

「俺のほうこそ、ありがと」

けれど、最後にきちんと向き合うことができたことが純粋にとても嬉しかった。

先生への気持ちに区切りをつけることができた。琴花とも世良くんとも話をした。

私がやるべきことは、あとひとつだけだ。

九．光と幻覚

二度と振り向かない背中を見つめながら、切なさと苦しさの中で、どこかほっとしている自分がいることに気がついた。

やっと終わった、終わらせてくれた。

好きな人にこんな気持ちを抱くなんて普通じゃないのかもしれないが、そう思わざるを得ないくらい、彼女と恋人同士だったこの半年間に抱いた感情は圧倒的に苦しさのほうが多かったような気がする。

好きだった。大事にしていたかった。そう思っていたのだ——俺だけが、ずっと。

『世良斗真です。××中出身で、サッカーやってました！　高校でも入部するつもりでー……運動めちゃくちゃ好きだけど、勉強はあんまりできないです！　あと、好きな食べ物はラーメン！　甘いものも好きです。漫画とかも結構読みます。みんなと仲良くなりたいと思ってるんで仲良くしてくださーい』

高校一年生。入学して最初のホームルームで自己紹介をするというお決まりの時間があった。

好きなものをただ読み上げただけの小学生みたいな俺の自己紹介のあと、五十音順でうしろの席に座っていた滝栞奈という女子生徒は、静かに立ち上がり、その形のよい唇を動かした。俺は頬杖をつき上半身を捻《ひね》って彼女のことを見ていたが、目が合うことはなかった。

『滝栞奈です。えっと……趣味は読書……とか、です。よろしくお願いします』

正直なところ、彼女の第一印象は「美人だけど万人受けはしなさそうな子」だった。季節で例えたら冬で、お弁当のおかずで例えたらプチトマトで、生活で例えたら休日の早起き。この例え方は特別うまいわけでも下手くそすぎるわけでもなく、万人に通用しないから言葉に起こすことはないけれど、彼女を見たとき、少なからず俺はそんな印象を受けたのだった。

趣味すら曖昧な自己紹介では名前と声色以外彼女の情報は得られず、これと言って興味が湧くようなポイントはどこにもなかった。

席が前後であるとはいえ、必要以上の会話はなかった。目が合えば珍しい。クラスメイトというよりはもはや他人の距離感だった。

『あ。おはよー滝』

『おはよう』

『早いね。いつもこの時間？』

『うん』

『へえー。俺は朝練』

話しかければ返してくれる。けれども一言二言で、話が派生して盛り上がることはない。

どういう原理なのかは知らないが、人は自然と似たようなタイプと仲良くなる傾向にあるので、大勢でガヤガヤすることが好きな俺と、基本的に受けの姿勢で自らアクションすることない栞奈とでは根本的にタイプが違うのだと、すぐに気づいた。

だから、彼女が佐藤《さとう》桃音や千田《ちだ》あかりと仲良くなり始めたときは、正直意外だった。白米とパンが並んだ朝ごはん、みたいな、系統が全く異なる人たちが集まったかのような組み合わせ。

佐藤と千田とは同じ中学の出身でだいたいふたりがどのようなタイプであるかは知っていたので、栞奈の第一印象から読み取れるかぎり彼女たちとは合わないだろうと思ったし、ときどき聞こえる会話に耳を澄ませても、栞奈はただ適当に相槌を打っているだけのように聞こえた。

一木琴花もまた同じグループにいたけれど、彼女もまた、佐藤や千田と一緒に行動するには少し浮いているように見えた。

仲良くというよりは、席が近くてそのまま一緒に行動するようになったと説明するほうがしっくりくる。そのくらい、四人の雰囲気は噛み合っていなかった。女子ってそういうものなんだろうか？

俺と彼女は絶対に仲良くできないんだろう思った。絶対なんてないと思いながらもそう断言してしまうくらい、俺たちは正反対だったのだ。

——だから、好きになんて、なるはずがなかった。

どうしてこんなふうになったのか。どうして、彼女のことを好きになってしまったのか。


だんだんクラス内でグループが確立し始めると、佐藤たちと同じ中学出身の俺と、佐藤たちと高校生活をともにする彼女は、必然と関わる機会が増えていった。

滝の知らなかった一面を見るようになった。たとえば、俺がつい頭の中でやってしまうわかりづらい例えを彼女だけが笑ってくれていたり、プリントを回すと「ありがとう」と必ずお礼を言ってくれたり。総合的に見たらとても些細で、見落としていることのほうが多いその小さな優しさに触れるのが、俺はとても嬉しくて、好きだった。

その当時はまだ、俺が感じている「好き」は、恋愛的なものではなく、優しさに触れることの心地よさからくるものだと思っていた。

『世良くん、今彼女いないならあたしと付き合ってよ』

冬休みが近づくと告白ブームが訪れ、ありがたいことに俺も隣のクラスの女の子から告白を受けた。アイドルだったら絶対にセンターにいそうな、ふわふわして可愛らしい、人気のある女子だった。

中学二年生のとき、すれ違いの結果、両親が離婚すると決まった。父と母は、正式に離婚するまでの間、どちらが俺を引き取るかを夜な夜なリビングでよく相談しあっていた。

当時の俺はとても敏感で、俺のためだなんだと言いながら互いに俺のことを押し付けあっているように見えて、夜はよく部屋でひとり泣いていた。

必要とされていないような気がして、本当は嫌われていたんじゃないかと思い込みはじめたら、両親だけでなく友達からもそんなふうに思われているのだろうか、と被害妄想が止まらなくなり、しばらく学校に行くのが怖かった時期もあった。

実際のところ、俺が不安がっていたようなことはなく、苗字が変われど父親は年に数回ご飯に誘ってくれるし、母親も俺を鬱陶しがるような素振りはみせなかった。友達とも、大きな喧嘩もなく卒業まで楽しく過ごせた。

すべて俺の被害妄想。頭がよくない代わりに想像力があまりに豊かで、俺はそんな自分にずっと苦しめられていた。

その影響があるのかは自分ではよくわからないけれど、誰かから好意を向けられることは純粋に嬉しかった。求められるというのは心地がよいし、自分が必要とされている気がして安心できる。

だから付き合ってもいいと思っていた。いずれ両想いになっていけばいい。

けれど、返事をしようとしたとき、ひとりの女子が脳裏をよぎった。

『世良くん……聞いてる？』

『え？　あー、うん。聞いてる』

俺の厄介な例え話を、唯一笑ってくれる。プリントを回すときにお礼を言ってくれる。

季節で例えたら冬で、お弁当のおかずで例えたらプチトマトで、生活で例えたら休日の早起き。

『ごめん。俺、好きな子いるから付き合えない。ごめんね』

そんなあの子のことが、俺は――……。

『滝のこと、好きになった』

『え？』

『今好きな人いないならお試しでもいいから俺と付き合ってみてほしいんだけど……』

えっと……、どう、ですか！』

『どうって……』

『だから、えーっと……俺のこと！　……恋愛的にどう思ってる？』

『ごめん……考えたことなかった』

『っじゃあ！　これから考えてほしい。俺もう、滝のことはただの友達には思えないから』

『え、え……っと』

『返事、今日はいらない！　じゃ、また明日！』

全部自分本位で、自分が幸せになることしか考えていない言葉だったと、今なら冷静に思い返せるのに、当時の俺は他の誰かにとられることが怖くてとにかく必死で、周りが見えなくなっていた。

『……これからよろしくね』

告白にはＯＫが出た。お試しで付き合ったとて何も得られないことも、彼女の気持ちが俺には向かないかもしれないということも、なんとなく察していた。けれど、気づかないふりをした。

『俺、好きになってもらえるように頑張るから』

得意の妄想で、全部自分の都合のいいように考えた。けれど、現実は甘くなかった。どんなに頑張って恋人らしくふるまっても、栞奈は俺のことを好きにはなってくれなかった。

『栞奈のこと好きだから。わかってほしい』

花火大会の日、零れ落ちた本音があまりにも情けなくて、声になった自分の言葉を聞いたとき、我ながら驚いてしまった。

本当は取り消したかった。ＬＩＮＥでメッセージの送信を取り消すみたいに、ほんのちょっとだけ相手の気を引かせて、自分の発言はなかったことにしてしまいたかった。

そんな気持ちを抱えたままの時に名島と仲良くしているところを見て、感情のコントロールができなくなった。

厄介な被害妄想が加速して、話を聞かないまま、栞奈は本当は名島のことが好きなのだと決めつけた。名島に対しても、俺の気持ちを知っていながら栞奈と距離を詰めていたなんてずるい、と醜《みにく》い感情ばかりが浮かんだ。

『世良くんとはもう付き合えない。ごめん、……ごめんなさい』

栞奈にはっきりそう言われたとき、頭が真っ白になった。

わかってほしいなんて、ただのエゴだ。

最初から俺たちは一緒じゃなかった。何も、ひとつも交わらなかった。

だけど、たしかに好きだった。

寒くて朝起きるのが億劫だけど空気が澄んでいて美しい冬も、お弁当に彩りでいれられるプチトマトも、学校も部活もない休日に早く起きて散歩したり音楽を聴いたりする朝も——俺にとっては全部、大切で愛しかった。

十．彷徨《さまよ》う標識

高校生になってから無駄に守り抜いてきた皆勤賞は、案外呆気なく途切れてしまった。学校を休まずに行ったからと言って、それがすごく偉いわけでも、とんでもなく評価されるわけでもないのに、「ただちょっと褒められる」ためだけに頑張って通っていたと思うと、結構偉かったような気もする。

学校を休むという選択をしたのは、果たして正しかったのだろうか。

自分がゲイであることをはっきり言葉にしたあの日のこと。

『ハハ……、冗談やめろよ』
『冗談に聞こえた? 今のが』
『いやいや、ありえねーだろ』
『ありえない?』
『フツーに。気持ち悪いって』

世良から——自分が好意を寄せる相手から拒絶されるのは、わかっていてもやっぱり苦しいものだった。世良の、困ったような、引きつった顔が忘れられない。俺の気持ちがバレたわけではないけれど、あの反応を見るかぎり、世良にとってやっぱり俺は「普通」ではなくて、「気持ち悪い」存在にあたるという事実だけは変えようのないことだった。

学校を出たとき、唇も指先も震えていた。ひとりになった途端、孤独と恐怖が押し寄せ、俺は気を抜いたら零れそうな涙を堪えながら、どこにも寄らずに帰宅した。ヤマさんや鈴さんたちのところで時間を潰す予定だったけれど、到底行けるメンタルは持ち合わせていなかった。

カムアウトするつもりはなかった。したところで、周りに気を使わせるだけだとわかっていたし、腫物《はれもの》のように扱われることもなんとなく想像がついていたからだ。

中学生のとき、いちばん仲がよかったのは桑名《くわな》という男だった。桑名はいつも明るくて、勉強はできないけれど思いやりがある、優しさでできたような人で、たまにデリカシーがないところも桑名らしさがあって気に入っていた。

俺たちはいつも一緒にいた。登下校も休み時間も部活も一緒で、毎日顔を合わせているのに話題がつきないくらい、趣味も同じで、とにかく馬が合った。

初めの頃は、自分がゲイだとは思ってもみなかった。だから、女の子に好意を寄せられてもときめかないのは、俺の気持ちがないからだと思っていた。いいと思える女の子が一向にいないことも、思春期にありがちなセンシティブな話題で笑えないのも、俺が恋愛に興味を持たないせいだと、信じて疑わなかった。

そんな自分が「普通」ではない、と気づいたのは、桑名に彼女ができたときだった。

がつん、と後頭部を思いっきり殴られたような衝撃を受けて、桑名の言葉になんて返したのか、今ではもう思い出すことができない。

「よかったじゃん」と口で言いながら、桑名が彼女との惚気《のろけ》話をするたびに嫉妬で死にそうだった。同時に、ものすごくショックだった。それは、桑名に彼女ができたことに対して、というよりは、「男である自分が男を好きになる」という、自らの生態へ向けられたものでもあったように思う。

しばらくして、桑名からとある相談を受けた。彼女がボーイズラブを好んで読んでいることを知ったらしく、理解できないという旨の話だった。

『べつにいいんだけど……複雑っていうか』

『複雑ってのは何が？』

『え、だってボーイズラブってさ、男と男じゃん。極論、俺とお前が付き合うってことじゃん。え、え、実際想像したらエグくねえ？』

あのとき俺がどんな気持ちだったのか、桑名は死ぬまで知らないままだ。告白しないうちに失恋が確定した。元々、この気持ちに気づいたときから報われないことはわかっていたけれど、本人の口から、男同士の恋愛はありえないと断言されてしまっては、もう救いはどこにもなかった。

ヤマさんと関わるようになったのは、ちょうどその頃のことだ。ヤマさんは当時、俺が通っていた塾の近くのドラッグストアでバイトしていた大学生で、毎日負のオーラを漂わせながらレジを打っていた。

『君さ、勉強できるだけやめないほうがいいよ』

『……はあ？』

『学がないと俺みたいにお先まっくらで就活終わるから。頭がいいならそれは維持すべきだよ』

ヤマさんと初めて交わした会話はそれだった。あとから聞いた話、ヤマさんはそのときがピークで精神状態が不安定だったらしく、どうして俺に話しかけたかは覚えていないと言っていた。そんなはじまりだったけれど、地味に会話を重ねていくうちに打ち解け、自分がゲイであることを初めて打ち明けたのもヤマさんだった。バカにされても、引かれても、ドラッグストアの店員との縁なら最悪すぐに切れるからいいと思っていたのだと思う。

ヤマさんは笑わなかった。バカにもしなかった。ただ、「皐月は見る目がないんだよなぁ」と、普通の、一般的な恋愛相談に乗っているかのようにそう言っていた。

それから数ヶ月して、桑名から彼女と別れたという話を聞いた。馬が合わなかったらしい。

「やっぱ名島といるほうが楽しいわ俺」

桑名は何も知らない。知らないから、俺がお前に恋をしている可能性を考えない。ヤマさんの言う通り、俺は見る目がないのだと思う。

桑名とは、中学の卒業以来会わなくなった。最初のうちは誘いが何度が来ていたけれど、予定が合わないうちに連絡も途絶え、疎遠になった。抱いていた恋心も、いつのまにか消えていた。

高校生になり、俺は特定の人と行動することを避けるようになった。中学のときみたいに、一緒に行動しているうちにうっかり好きになる、ということを避けたかった。屋上の鍵が開いていることは入学してすぐに気づいたので、週の半分、昼休みは屋上でひとりで過ごすようにした。部活には所属せず、放課後はヤマさんを通じて知り合った、生きづらさを抱える人たちとつるむようになった。

それでよかった。それが、傷つかず穏便に過ごす最善の策だと思っていた。

それなのに、どうして世良を好きになってしまったのか。きっかけは思い出せないが、世良の、不器用でまっすぐなところが愛しかったのかもしれない。

『正直、クラスの中でいちばん好みの女子って誰？』

高校一年生の秋。それなりにクラス全体でも仲がよくなった頃、放課後たまたま残っていた男子数名でそんな話題があがった。誰が可愛いとか、誰の体が好みだとか、そういう話題は好きではないけれど、ノリが悪いと思われると後々厄介なので、適当に相槌を打ちながら話を聞いていた。

『俺……は、滝』

『滝？　でも滝ってなんか真面目っぽいしノリ悪そうじゃね？　世良とは正反対そうじゃん』

『でもなんか、ほっとけないんだよなー……』

この話題の中で、滝栞奈という女子に焦点を当てたのは世良だけだった。滝がどんな人か詳しく知らなかったけれど、世良が気になる女子がどんな人間なのかは純粋に気になった。

『名島は？』

『俺も滝かな』

『エッッッ!?　名島相手じゃ俺に勝ち目ないって！』

『冗談。俺はべつにいないかなぁ』

次の日から、滝の動向に焦点を当てて過ごしてみると、彼女がどんな人なのかはすぐに理解できた。佐藤たちのグループにいるけれど、正直あまり波長が合っていなさそうで、波風立てないように付き合っていることがわかった。それから、他の授業ではときどき窓の外を眺めたり眠そうに聞いているのに対して、英語の授業だけは、整った姿勢で、まっすぐ横原先生を見つめていた。きっと特別な感情がある、という直感が働いたのは、今思えば俺たちが「似た者同士」だったからなのかもしれない。

どこか自分と重なる部分があって、なんとなく気に障った。

世良と滝が付き合ったという話を聞いたときは、嫌悪感でいっぱいだった。好きでもないくせに世良のことを取らないでほしかった。

どうせ俺のものにはなってくれないのなら、世良と俺は、せめて互いに孤独でいたかった。

俺はずっと、死ぬまでひとりなのかもしれない。

普通にはなれない俺は、人を好きになることも許されないんだろうか？

女の子を好きになれたらよかった。

人を好きになることを、誰にも否定されない時代に生まれたかった。

ベッドの上に寝転がっていた俺の目尻から、堪えていた涙が意思に反して情けなく零れ落ちる。服の袖を引っ張って濡れた目尻を拭ったタイミングで、ノックの音が聞こえた。

「皐月ー、体調どう？」

「あー……全然、平気」

「お友達？が来てるんだけど……」

戸惑いの混ざった母の声に、俺は疑問を抱きながら体を起こしてドアを開けた。


「だから言ってんじゃん、皐月は見る目がないんだって」

「……直せないっすよそんなん」

いつもの喫煙所で、ヤマさんはけらけら笑いながら煙草を吸っている。今日は仕事が休みなようで、全身黒で威圧感の否めない服にチェーンのついたカラーサングラスを付けていて、「やっぱ着たい服着るのがいちばんだよな」とひとりごとのように呟いていた。この人が普段スーツで仕事をしていて、転職経験もあって、学生時代鬱だったなんて、今のヤマさんしか知らない人はきっと信じないのだろう。そのくらい、よくも悪くも彼にはギャップがありすぎる。

「ついにバレちゃったかぁ。ま、べつに元から隠さなきゃいけないことじゃないけどさ」

「でももうどんな顔して学校行ったらいいかわかんないっすよ。どうせ今頃化け物扱いされてるだろうし……もうこのまま行かなくてもいいかなぁ」

「まあ、なんにせよ俺は止めないけどね」

男が男を好きになるなんて気持ち悪い。

そう言われてしまうのも仕方ないくらい、現実ではまだ風当りが強い。

だから隠してきたし、これから先も告白するつもりはなかった。

「でも珍しいよな。皐月もそんな感情に任せて話すとか」

「あー……」

「いつもなら適当に躱すでしょ。うまいじゃんそういうの」

ヤマさんの言う通りだ。

あのとき、周りに結構人がいたことも、廊下だから声が響きやすいこともわかっていた。

適当にそれっぽく流したり、世良のことをうまく宥めたりしてその場を丸く収めることもできたはずなのに、それをしなかった。

不器用なりに自分と向き合って前を向こうとしている滝の邪魔をしたくなかったし、俺と関わったことがマイナスな方向に行ってほしくもなかった。

自分がゲイであることをカムアウトしたのは咄嗟の判断だったけれど、あの瞬間だけは、自分がゲイであることがバレるのがどうでもいいと思ったのだ。

そうするしか滝を守る方法が思いつかなかった。俺にとっては、あれが最善だった。

「好きなんじゃゃん？」

「はあ？　ヤマさん知ってるでしょ、俺は好きになりたくても女の子は……」

「恋愛的にじゃなくて。人として、皐月が皐月でいるために、あの子が必要なんじゃないのって話」

「……そんなこと、あるっすかね？」

「さあ？　でも皐月、誰かを大切にする理由が恋愛じゃなきゃいけないなんて、そんな普通はどこにもないよ」

ヤマさんはそう言うと、「先帰るわー」といつもの適当な口調に戻り、喫煙所を去って行く。取り残された俺は、それからしばらくヤマさんが言っていた言葉の意味を考えていた。

俺は世良のことが好きだ。たとえ報われなくても、恋愛としての〝好き〟を抱えている。

――じゃあ、滝は？　滝は女の子で、俺の恋愛対象には入らない。話すようになったのは最近のことで、ヤマさんたちほど付き合いが長いわけでもない。

けれど、いつからか傷ついてほしくないと思うようになった。彼女が自分の悩みや葛藤と闘っている様子を見るたびに、自分と重なる部分があって、ムカつくけれど放っておけなかった。

この気持ちは、恋愛感情がなくたって成立するもの、なのだろうか？

頭の中がぐちゃぐちゃしてなかなか整理がつかない。正解は出せないまま、俺は帰路につく。

「——名島くん！」

後ろから名前を呼ばれたのはそんなときだった。それが誰かはすぐにわかった。反射的に足を止めたものの、振り向くことができない。ひとりにしてほしい、と彼女を突き放してしまった手前、思考がまとまらないまま彼女と話す勇気がない。

滝にたくさん偉そうなことを言って来たくせに、弱い部分をさらけだすことが怖いなんて、あまりにも情けない。

俺がもっとフツウだったら、こんなふうに答えの出ないことを考える必要もなかったかもしれないのに——……。

「私！　名島くんのこと好きだよ！」

「……え」

「学校にもう二度と来なくたって、連絡先知らなくたって、私名島くんのこと大切だから。恋愛じゃなくたって、大事にしてたいから！」

「ぜっっったいひとりになんかしないからね！」

顔をあげて、振り返る。滝は、今まで見たことのないような凛とした表情をしていた。

「っで、では！　今日のところは帰ります！」

そう言って、滝は逃げるように帰って行った。慣れない大声は、本当は恥ずかしかったのかもしれない。それでも嬉しかった。

ひとりじゃないという安心感ゆえか、これまでぐるぐる考えていたことが途端にバカらしくなった。

始めは嫌いだった。俺の等身を見ているようでムカついた。けれど、関わっていくうちにいつのまにか救われていたのは俺のほうだった。

人として、滝のことが好きだ。大切だ。

だから守りたいと思った。最初からそれだけだったんだ。

「そんなでかい声出せんのかよ……」

また新たな一面を知って、思わず笑ってしまった。

十一・晴れた灰色

「琴花おはよ」

「あ。おはよ」

その日は、いつも通りの時間に起きて、いつも通りの電車に乗って学校に来た。昇降口でたまたま琴花と会ったので、挨拶を交わして、たわいのない会話をしながら教室へと向かう。

自分たちのクラスがある階にたどり着くと、廊下がやけに騒がしかった。騒がしいというより、ひそひそと噂話があちこちで繰り広げられているような雰囲気。なんとなく予感がして、私と琴花は顔を見合わせ、それから足早に教室へと向かった。

「あ」

「名島くん……」

教室に入ると、私のうしろの席には名島くんが座っていた。一週間学校を休んでいたのが嘘のように、名島くんはいつもと変わらない顔で私に「おはよう」と言う。いつも通りすぎて、私はつられて「おはよう……」と零した。

名島くんが学校に来た。名島くんが皆の前で自分の秘密を暴露したあの日から、すでに一週間が経っていた。まだ一週間しか経っていないのかと、もう一週間も経ってしまったという気持ちが交差する。

世良くんと別れた日、私はやっぱりきちんと名島くんと話がしたくて、いつもの場所へ行った。タイミングが合わず、そこには誰もいなかった。また明日来よう。そう決めて帰路についたとき、名島くんの後ろ姿をとらえたのだった。

「栞奈。またあとでね」

「え、あ、うん……」

琴花はそれだけ言うとすぐに自分の席に着く。干渉も動揺もしないところが彼女らしいと思った。対して私は、動揺を隠しきれないまま、自分の席——名島くんの前の席に座る。周りの視線が刺さる。桃音とあかりはすでに登校していたけれど、あえてなのか、こちら側には視線を向けずスマホばかりをいじっていた。彼女たちともう一度話をする機会はこの先のどこかであるんだろうかとも思うけれど、すべての人とわかり合う必要はないと知ったから、無理に話をしようとするのはやめようと決めていた。

「名島くん……げ、元気？」

「ハハ。何それ、元気だよ。滝はなんかまた会話下手になったね」

「やめてよ……」

名島くんはいつも通りだった。いつも通り、というのは、表向きの完全無欠な名島皐月——ではなく、私とふたりで話すときの、〝本当の〟名島皐月を指している。

「名島くんなんかキャラ変わった？」

「滝さんと普通に話してるけどあのふたり付き合ってるんだっけ」

「世良くんと別れたばっかりだしそれはなくない？」

「名島くんがそもそもゲイって話じゃん」

いろんな会話が遠くで聞こえ、名島くんの噂や憶測が飛び交っていたあの日のことが思い返される。名島くんが休んでいた一週間のうちで、琴花と世良くんとはきちんと話ができたけれど、桃音やあかりを含め、事実を知らない人たちの持つ情報を正しく訂正することは当然できていなかった。

またよからぬ噂をされてしまうのではないかと怖くなった。名島くんには学校に来てほしい反面、このまま来ないほうが彼の安寧《あんねい》は守られるのかも、とも思っていた。けれど、当の名島くんはけろりとしていた。普通のふりが、やっぱりうまいのだと思う。

「滝、あとでいろいろ聞かせてよ」

「私の台詞なんだけど……」

その日は、これまでの人生でいちばん時間の経過が長く感じた。放課後になるまで、私はそわそわして落ち着かなかったというのに、名島くんはやっぱりいつも通り淡々としていて、悔しかった。

屋上は相変わらず空が広かった。名島くんがいない間も、私は毎日この場所に来て彼を待っていた。教室では吐き出せなかったすべてが、この場所に記憶されている。フェンスに手をかけ、身を乗り出してグラウンドに目を向ける。放課後のグラウンドでは、いつもと変わらず、陸上部とサッカー部が部活動に励んでいた。

ボールを追いかける世良くんの姿を見つけ、あ、と思う。

「世良だ」

「……私も見つけた」

世良くんときちんと話をしたことで輪郭がはっきりしたからか、彼の姿はすぐに見つけることができた。サッカーのルールはよく知らないけれど、世良くんがうまいことは私にもわかった。

最近は、今まで見えてこなかった部分が見えてくるようになった。世良くんのサッカーのうまさを始め、一見凛々《りり》しくてクールな琴花が、本当は少し間抜けな部分があったりだとか。これまで気づけなかったのは、自分を可哀想だと思い込んでふさぎこんでいたからなのだろう。我ながら情けなくて笑えてしまった。

「私、世良くんと別れた」

ようやく踏み切ることができた。きっと名島くんと話していなかったら、私はずっと世良くんを傷つけながら関係を続けていただろう。

「全部言ったよ。他に好きな人がいることも、全部。世良くん……私が世良くんのこと好きじゃないこと、ちゃんと気づいてた」

名島くんは、私の報告に「そっか」と短く返事をした。

「やっぱ気づくもんなんだよ。好きな人が誰を好きかとか、嫌でもわかるから」

「そう……だよね」

「一年のとき、世良から初めて『滝のことが好き』って言われて、やっぱりなって思った。でも、俺は世良のことしか見てこなかったから滝がどんなやつか知らなくて。世良が好きになる女の子はどんな感じなんだろうって」

「うん」

「そしたら、なんか周りにいい顔してばっかりで、自分がいちばん可哀想ですみたいな顔で、つまんなそうにしてて。世良のことなんて一ミリも好きじゃなさそうで、ムカついた」

名島くんは笑っているけれど、私は苦笑いを返すことしかできない。もう少し言葉を選んだっていいのに、と思う反面、名島くんが言葉を選ばずまっすぐぶつけてきてくれるから、私も彼に対して遠慮せず話せるようになったのかもしれない、と思った。

「なんでこんなやつのこと好きなんだろうって本気で思って、悪いとこ探してやろうって。世良にやんわり伝えてやろうって、すげー性格悪いこと考えてさ」

「う、うん……」

「でも、滝のこと見るようになって、滝が先生のこと好きなのに気づいて。この人は、俺と同じなんだなって思った。見ることしかできなくて、気持ちを伝えたらきっと気持ち悪がられるし、周りの理解も得られないことだから。相手にも迷惑かかるし」

　横原先生を好きでいることは、何度もやめようと思ったことがあった。けれど、やめようとしてやめられるような気持ちではなかったし、どうにもならないことだけがわかりきったまま、気づけばいつも目で追っていて、それがとてもつらい時期があった。

　好きだと思う気持ちごとなかったらよかったのにと思ってしまうのは、裏を返せば普通になれない自分の表れだから。

　それは、きっと名島くんも同じだったのだろう。

「俺、自分のことわかってるつもりだったんだ。ゲイだけど、それが俺だからしょうがないって言い聞かせて、滝にも偉そうにいろいろ言っちゃったし」

「全然……」

「あのとき、世良から……好きになった人から拒絶されて、この生きづらさとか孤独とか、一生付き合っていくんだよなって思ったら、なんかくらっちゃったんだよね」

　学校って一回休むとタイミング失うよね、と笑いながら言う名島くんに、私も苦しくなった。

「でも、あの瞬間ゲイって知られることは本当にどうでもよかったんだ。だから滝のせいじゃないよ。俺がいいと思ってそうした。あのとき、滝が否定されるほうが嫌だったから」

「……私、名島くんの好きな人でもないのに？」

「守る理由は恋だけじゃないから。俺にとって滝は大切だよ。恋じゃなくたって、友達以上に。ムカつくときもあるけど」

「そんなの私もだよ。名島くんのことやっぱり嫌いって今でも思うし。ねえ、でもさ」

「うん」

〝普通〟になりたかった、なれなかった。けれどそれは、最初から目指すようなものじゃない。

「そのままでいいんだよきっと。名島くんも私も、ただ生きて人を好きになっただけなんだから」

私たちはただ生きているだけ。生きて、人を好きになっただけ。

それが、今はとても愛しく思えた。

「今日ヤマさんのとこ行くなら私も今度こそ行きたい」

「もとからそのつもりだった」

「ねえ。なら最初に言ってよ。つもってばっかいないでさぁ」

「なんだその日本語……あ！」

そんな会話をしながら屋上の階段を下りると、ばったり横原先生と遭遇してしまった。

放課後、屋上、立ち入り禁止。これまでなんとか先生たちの目を盗んでバレないように屋上に入っていたのに、出てくるところをこんなにバッチリ見られては、誤魔化しようがない。

どっちが弁明するか名島くんと目で訴え合っていると、「これひとりごとなんですけど」と横原先生が開口した。

「晴れた日は、グラウンドから意外と屋上の人影って見えるんですよね」

「え」

「まあバレても注意くらいで済むかと思いますけど。体育の鈴木《すずき》先生はちょっとめんどくさいから危険かもなぁ……」

わざとらしくそう呟くと、横原先生はまるで私たちのことは見えていなかったかのような白々しい演技をしてその場を去って行った。

呆気にとられ、私は名島くんと無言で目を合わせ、それから慌てて階段を降りた。

「え……横原先生って何者？」

「わかんない……でもああいうところが好きなんだった、ような気もする」

「もうわけわかんなくなってんじゃねーか」

「え、だって……何？　今の」

「知らねーよ俺に聞くな」


私たちは全員特別な、唯一無二の個体。

みんな、自分と異なる「普通」に夢を見て、生きている。


【完】

あとがき

はじめまして、こんにちは。雨です。

このたびは、数ある書籍の中から本作をお手に取っていただき、本当にありがとうございます。

昨今の世の中は、一見いろんなマイノリティに配慮しているように思えます。けれど、それはあくまで表面的な印象であって、実際は、いわゆる〝普通〟には分類されていないような気がするのです。セクシュアリティ、体質、価値観。その他、自分自身を構成するすべてに、それぞれの〝普通〟がきっとあるはずです。そして、必ずしもそれが人に簡単に言えるものとも限りません。

私にも、私の〝普通〟があります。理解されないと自分をまるごと否定されているような気持ちになるので、言わないことを選ぶ機会も決して少なくありません。

多いほうが正しいとか、一般的にはどうだとか、そんなのに傷つく必要はないのに、どうしてこんなにも生きづらさを感じてしまうのでしょうか。

私の物語ひとつで誰かの人生を変えることができるとは思いません。けれど、誰かひとりでも、ほんの少しでも、本作を選んでくれたあなたの心が救われる瞬間があったら、それはとても光栄なことですし、私も救われるような気がします。

最後になりますが、本作の制作に関わってくださった関係者の皆様、この作品に出会ってくださった皆様に、心より感謝申し上げます。本当にありがとうございました。

あなたの明日が、どうか優しい一日でありますように。

雨

この物語はフィクションです。実在の人物、団体等とは一切関係がありません。

雨先生へのファンレターのあて先
〒104-0031　東京都中央区京橋1-3-1　八重洲口大栄ビル7F
スターツ出版（株）書籍編集部 気付
雨先生

死んでも人に言えないヒミツ

2025年3月28日　初版第１刷発行

著　者　　雨

発 行 人　菊地修一
デザイン　フォーマット　西村弘美
　　　　　カバー　川谷康久
発 行 所　スターツ出版株式会社
〒104-0031
東京都中央区京橋1-3-1　八重洲口大栄ビル7F
TEL　03-6202-0386（出版マーケティンググループ）
TEL　050-5538-5679（書店様向けご注文専用ダイヤル）
URL　https://starts-pub.jp/
印 刷 所　大日本印刷株式会社

Printed in Japan

ISBN　978-4-8137-1723-2　C0193

スターツ出版文庫　好評発売中!!

『この世界が終わる前に100年越しの恋をする』　櫻井《さくらい》千姫《ちひめ》・著

心臓に爆弾を抱えた陽彩は、余命三カ月と告げられ、無気力な日々を送っていた。そんな彼女の前に現れたのは、百年先の未来から来たという青年・楓馬だった。「僕は君の運命を変えに来た」――そう告げる彼の言葉を信じ、陽彩は彼と共に未来を変えるために動き始める。二人で奔走するうちに、陽彩は次第に彼に惹かれていく。しかし、彼には未来からきた本当の理由に関わるある秘密があった。さらに、陽彩の死ぬ運命を変えてしまったら、彼がこの世界から消えてしまうと知り…。二人が選んだ奇跡のラストとは――。

ISBN978-4-8137-1708-9／定価770円（本体700円+税10%）

『死にたがりの僕たちの28日間』　望月《もちづき》くらげ・著

どこにも居場所がないと感じていた英茉の人生は車に轢かれ幕を閉じた。はずだった――。目覚めると、死に神だと名乗る少年ハクに「今日死ぬ予定の魂を回収しに来ました。ただし、どちらかの魂です」と。もうひとり快活で悩みもなさそうなのに自殺したという同級生・桐生くんと与えられた猶予の28日でどちらが死ぬかを話し合うことに。同じ時間を過ごすうちに惹かれあうふたり。しかし桐生くんが自殺を選んでしまった辛い現実が発覚し…。死にたがりの私と桐生くん。28日後、ふたりが出した結末に感動の青春恋愛物語。

ISBN978-4-8137-1709-6／定価770円（本体700円+税10%）

『バケモノの嫁入り』　結木《ゆのき》あい・著

幼き頃、妖魔につけられた傷により、異形の醜い目を持つ千紗。顔に面布を付けられ、“バケモノ“と虐げられ生きてきた。ある日、千紗が侍女として仕える有馬家に妖魔が襲撃するが、帝國近衛軍、その頂点に立つ一条七瀬に窮地を救われる。化け物なみの強さと畏怖され、名家、一条家の当主でもある七瀬は自分とは縁遠い存在。しかし、彼は初対面のはずの千紗を見て、何故か驚き、「俺の花嫁になれ」と突然結婚を申し入れ…。七瀬には千紗を必要とする“ある事情”があるようだったが――。二人のバケモノが幸せになるまでの恋物語。

ISBN978-4-8137-1710-2／定価770円（本体700円+税10%）

スターツ出版文庫　好評発売中!!

『拝啓、やがて星になる君へ』　青海野灰《あおみのはい》・著

星化症という奇病で家族を亡くした勇輝は人生に絶望し、他人との交流を避けていた。しかし天真爛漫なクラスメイト・夏美との出会いで日常は一変。夏美からの説得で文芸部を創ることに。大切な人を作ることが、それを失った時の絶望を知る勇輝にとって、怖さを抱えながらではあったものの、夏美と過ごす日々に居心地の良さを感じ初めていた。そんな時、夏美に星化症の症状が現れてしまう。「それでも僕は君が生きる未来のために」と絶望を退ける勇気が芽生え、ある決意をする。ラストに涙する、青春恋愛物語。

ISBN978-4-8137-1693-8／定価759円（本体690円+税10%）

『未完成な世界で、今日も君と息をする。』　如月深紅《きさらぎみく》・著

高校生の紬は、ある出来事をきっかけに人間関係に関する記憶をすべて失ってしまう。記憶喪失になる前と変わってしまった自分が嫌いで、息苦しい日々を送る紬は、クラスの人気者の柴谷に声を掛けられる。初めは戸惑う紬だったが、どんな自分も受け入れてくれる彼に心を開いていく。しかし、紬の過去には二人に大きく関係する秘密が隠されていた――。「過去の君も今の君も全部本物だ」過去と向き合い、前に進んでいく二人の姿に共感&涙！

ISBN978-4-8137-1694-5／定価770円（本体700円+税10%）

『龍神と番の花嫁～人魚の花嫁は月華のもと愛される～』　琴乃葉《ことのは》・著

青い瞳で生まれ、気味が悪いと虐げられ育った凍華は16の誕生日に廓に売られた。その晩、なぜか喉の渇きに襲われた凍華は客を襲いかけ、妖狩りに追われることに。凍華は人魚の半妖で、人の魂を求めてしまう身体だったと知らされる。逃げる凍華の元に「ようやく見つけた、俺の番」と、翡翠色の切れ長の瞳が美しい龍神・琉葵が現れ救ってくれた。人魚としての運命に絶望する凍華だったが「一緒に生きよう。その運命も含めお前を愛する」と、琉葵からの日一杯の愛情に、凍華は自分の居場所を見つけていき――。

ISBN978-4-8137-1695-2／定価781円（本体710円+税10%）

『偽りの花嫁～虐げられた無能な姉が愛を知るまで～』　中小路《なかこうじ》かほ・著

和葉は、呪術師最強の証“神導位”を代々受け継ぐ黒百合家の長女にも拘わらず、呪術が扱えない“無能”。才能のある妹と比較され、孤独な日々を送っていた。ところが、黒百合家は謎の最強呪術師の玻玖に神導位の座を奪われてしまう。さらには、なぜか玻玖に「嫁にしたい」と縁談を申し込まれる。神導位の座を奪還するため、和葉は家族からある使命を命じられ“偽りの花嫁”として嫁入りをする。愛のない婚約だったはずが、玻玖が溺愛してきて…？戸惑いながらも彼の優しさに触れ、次第に心惹かれていき――。

ISBN978-4-8137-1696-9／定価825円（本体750円+税10%）

書店店頭にご希望の本がない場合は、書店にてご注文いただけます。